処刑少女の生きる道《バージンロード》4
―赤い悪夢―

佐藤真登
Story by Sato Mato
イラスト ニリツ
Art by Nilitsu

処刑少女の生きる道《バージンロード》4
―赤い悪夢―

目次

Contents

Story by Sato Mato Art by Nilitsu

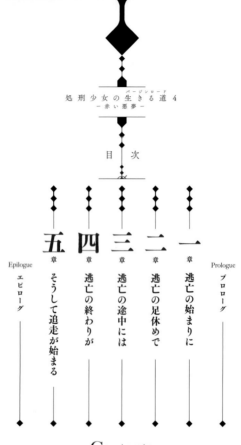

処刑少女の生きる道《バージンロード》4

—赤い悪夢—

佐藤真登

GA文庫

カバー・口絵・本文イラスト
ニリツ

Prologue
プロローグ

それはいつかの結末。

かつての旅路の果て。

白く、白く。

白雲よりも重く、白霧よりも荒く、白砂よりも固く、白光よりも清く、ただ白い塩の大地が広がっていた。

一本の剣によって、すべてが塩に変じた大地。海に面する海岸から波に打たれ続けて海に溶け、長い長い時をかけて島と呼べる大きさになった孤島だ。いましがたほんの少し、ちょうど十代の女の子一人分だけこの大地の体積が増えたが、稼げた時間はささやかなものでしかない。

この世の清浄を顕現させたように広大無辺に白が広がる世界を、一人の若い女性が歩いていた。

くすんだ赤毛を肩甲骨《けんこうこつ》の辺りまで伸ばしている、二十歳前後の女性だ。冷ややかに整った顔つきは怜悧《れいり》でありながら、まだ少し抜けきらない幼さがある。藍色の神官服を着て塩の大地を踏みしめる彼女の顔には、なんの表情も浮かんでいなかった。

彼女が人を殺したばかりだとは、誰《だれ》も思わないだろう。

『主』をあがめる第一身分《ファウスト》である彼女の左腕には教典が抱えられている。神官は左手に教典を持つことが義務付けられているため、多くの場合、右手には片手で扱える武器を選ぶ傾向にある。

その例にならってか、彼女の右手には一本の剣が握られていた。

見るからに、弱々しい剣だった。

流麗でもなければ威厳もなく、実用性すら見当たらない。錆《さ》びついて腐食した剣より貧相で、つつけば崩れ落ちそうなほど脆《もろ》そうで、雨に打たれれば溶けて消えてしまいかねないほどに淡い。

『塩の剣』。

彼女が無造作に右手にぶら下げているものこそ、白い刃で傷つけた万物を塩へと変える、この世でもっとも儚《はかな》くおぞましい剣だ。

つい先ほど、彼女はそれを使った。突き刺した相手は異世界人だった。

日本という、違う世界の国から来た『迷い人』。彼らは例外なく純粋概念という超常の力を得て、時として不死性すら獲得する。記憶を削ることで脅威の魔導を行使し、それが尽きれば町を一つ呑《の》み込《こ》むような被害をまき散らす人災《ヒューマン・エラー》と化す。

そんな理不尽な能力を持っている人間ですら『塩の剣』に抵抗する術《すべ》はなかった。

——うん、それでいいのさ。

ふと、これを突き刺して殺した相手の最期《さいご》が脳裏《のうり》によみがえった。

逃れえない死を受け入れて微笑んでいたのは、彼女の人生で最も親しくなった友人だった。理知的で、明晰で、人を煙《けむ》に巻く言動を好んだ、黒髪の乙女。ここまで一緒に旅をしてきた友人を、彼女自身が殺した。

『塩の剣』による浸食は、どんな魔導を行使しようとも止めようがない。不可逆であり、絶対だ。水と、空気と、塩。それ以外のすべてを浸食してとめどなく塩に変える。

純粋概念の持ち主ですら、例外はない。

塩の大地まで、連れ出した。彼女を殺すために。それが最良だと思って。自分は処刑人だから。自分は悪人だから。自分がやるべきことをやるために、ここまで来て、彼女に白い刃を突き立てた。

——君が決めたなら、それが正しい。

あと少しで己《おの》が遺体すらなくし、この大地と同じになると知って、彼女は微笑んだ。

——君が決めたなら、わたしは終わりでいい。ただ……次がないと、いいな。

そうして、旅は終わった。

友人を殺したばかりの彼女は足を止める。

大陸だったこの島の中心。止めようもなく広がった塩の浸食の始まり。塩の剣をもとの場所に差し込んだ。

やるべきことを終えた。あとは帰るだけだ。感情のすべてを溶かし尽くしたままの無表情で踵《きびす》を返し、動きを止めた。

いつの間に現れたのか、一人の男がいた。

場違いなことに堅苦しい紳士服を着て山高帽子をかぶっている、三十過ぎの男だ。紳士が好きなのさ、などとほざいた友人の言葉を間に受けた結果だと思えば憐れみを覚えなくもない。そういう意味でも、あの友人は罪作りな女だった。

「君は、まさか……」

男の視線は、彼女が突き刺した塩の剣に注《そそ》がれていた。そして周囲に誰もいないことを確認して、愕然《がくぜん》とした口調で問いかける。

「……あの子を、殺したのか？」

彼女は無言のまま頷《うなず》いた。男が痛恨に歯を食いしばる。

「そうか。間に合わなかったのか……！」

それは違う。

彼は間に合った。彼と、彼らの仲間は間に合った。もし自分が待っていれば、きっと、友人は死ななかったのだろう。

だから殺したのだ。

そんなことも知らずに、男が決然とした光を瞳《ひとみ》に宿し、語りかけてくる。

「……オーウェル卿からの情報だ。『主』の正体がわかった。教典は、やはり主の耳目《じもく》の役割を担っている。間違いということは、ないだろう」

どうやら男は、世界の支配者の正体を暴《あば》き出《だ》し、歴史の真相を知り、魔導の根源に至ったようだ。彼女は、言われるまでもなく知っていた。世界の中心にあった真実は、『くだらない』の一言に尽きた。

「聖地を壊すぞ。我ら『第四《フォース》』は、君とオーウェル卿の協力さえあれば、新しい世界がつくれる。少なくとも、いまよりましな世界が――君の友人だった『迷い人』の彼女があんな結末を迎えずともすむ世界がつくれる！」

『盟主』カガルマ・ダルタロス。

第一身分《ファウスト》からは無関係に生まれ、聖地にいる【使徒《エルダー》】たちの意図が介在することなく育ち、この世界の仕組みに疑念を抱き、『第四《フォース》』という連合を興した。若き第三身分《コモンズ》の『怪物』ゲノム・クトゥルワを仲間にし、第二身分《ノブレス》にして放浪の騎士である『最強』エクスペリオン・リバースを引き入れた俊英だ。

新たな身分を主張する彼らには、確かな力と時代を推し進める勢いがあった。

第一身分《ファウスト》に属する処刑人である『陽炎《フレア》』は、この旅路の中で彼らとは多くの場合で敵対し――時に共闘した。

「君が左手に持っているものを、捨ててしまえ。いま着ている服など脱ぎ捨てろっ。そんなものを抱え続けてなんになる！　わかったはずだっ。【使徒《エルダー》】の連中に存在価値はない。ましてや『主』など論外だ！　アレを存在させているというだけでも、奴《やつ》らの腐敗ぶりは目に余る!!」

彼の訴えは、きっと正しい。

同時になに一つ彼女の胸に響かなかった。

「こちらに来い、『陽炎《フレア》』！」

この旅路で得た二つ名を呼ばれ、彼女ははじめて表情を変えた。

うっとうしげに顔をしかめ、視線を落とす。

返答の必要性すら感じない。なぜならば彼女は、【使徒《エルダー》】の営みを間違いだとは思っていない。彼らは彼らで正しく、なによりも、この世界の問題に根本的な解決手段などないのだ。

同情も、憐憫も、怒りも。彼らが抱いたであろう感情に、さらさら共感を抱けない。

関心があることは、一つだけ。

『次』だ。

彼らに協力したところで、『次』は止められない。自分が最初ではないし、自分が最後になるとも思えない。

だというのに、この世界はどうしようもなく、どうしようもないのだ。

自分を勘違いしている男を、どうするか。それは左手に抱えている教典が決めることだ。

『命令です』

彼女が持つ教典が声を発する。それを聞いて、カガルマの顔が凍り付いた。

「『陽炎《フレア》』……まさか、君は……」

カガルマが声を震わせる。その反応が不愉快で、目元をゆがめる。なぜだと言わんばかりのカガルマの目が不快だ。どうしていまにも叫び出しそうな口元を引き裂きたくなる。

彼は、自分のことをなんだと思っているのか。

この身は、骨の髄まで処刑人。人殺しの『陽炎《フレア》』なのだ。

左手に持つ教典が、淡々と無機質に命令を下す。

『彼を、処刑しなさい』

否《いな》はない。

命じられるがままに、処刑人である『陽炎《フレア》』は刃を振るった。


列車が減速する力に引っ張られて、夢に落ちていた意識が現実へと覚醒《かくせい》した。

夢に見たのは、古い記憶だった。

まだオーウェルが大司教になる前の、清廉潔白な聖職者であった頃。『陽炎《フレア》』の名前が生ける伝説などと持ち上げられるよりも前に起こった、二十年近くも昔の出来事。

目を覚ました瞬間から不機嫌になった彼女の様子に疑念を抱いたのか、左腕に抱える教典が勝手にしゃべりだす。

『どうしました、マスター』

「くだらん夢を見た」

とっくの昔に壊れたポンコツに、素っ気なく返答する。

オーウェルも含め、あの後、『第四《フォース》』に関《かか》わったすべては見る影もなく屈折して衰退していった。彼らと『陽炎《フレア》』の違いは、最初から世界に希望を抱いていたか、いなかったかということに尽きる。

「くだらん夢など見るから、ああいうことになる」

『第四《フォース》』の中核だった三人と、処刑人である『陽炎《フレア》』と、正道を進み続けていたオーウェル。交わるはずもない五人は、ほんのひと時だが、一人の『迷い人』を中心としてまがりなりにも協力関係を結んでいた。

彼らと決定的に道をたがえた瞬間は、間違いなくあの時だった。あそこから、また十年にも渡る彼らとの闘争が始まった。

彼らは言うだろう。

裏切ったのは、『陽炎《フレア》』のほうだと。

だが。

「……ほら見ろ。次が来た」

ぼそりと小さく呟《つぶや》く。

くだらない過去だ。感傷にも至らない記憶だ。たとえ過去に戻ろうと、導師《マスター》『陽炎《フレア》』はいまの自分になることを迷わない。過去にわずかでも悔いがあるとすれば、あの時に『盟主』を殺し損ねたことだけだ。

大司教となったオーウェルは、『陽炎の後継《フレアアート》』と呼ばれるメノウの刃に倒れた。あの場にいなかったオーウェルが先に逝《い》ったという事実がおかしくて、どうしようもない皮肉に感じる。

そして血で血を洗う闘争の果てにすべてを放棄した『盟主』は、なぜか今頃《いまごろ》になって脱獄などをしたらしい。

「なにに期待をしているか知らんが、無駄なことを」

とっくの昔に諦《あきら》めたはずの男が、なにを考えているのか。昼間の風景を透かす列車の窓ガラスは導師《マスター》の疑問の答えなど返さず、つまらなさそうな面をした女を薄く映している。

歳《とし》をとった。過去の自分と無意識に比べてしまった彼女は、憂鬱《ゆううつ》を抱えながら立ち上がる。

停車した列車から町に降り立つと硫黄《いおう》混じりの風が赤黒い髪をそよがせた。

穏やかで、ひなびた雰囲気があり、木造の街並みが特徴的だ。

「できの悪い夢は、さっさと覚ますに限るな」

悪だくみの計画を携え、導師《マスター》『陽炎《フレア》』は赤黒い髪を揺らして笑った。

一章　逃亡の始まりに

駅のプラットホームに降り立って、真っ先に『けむたい』と思ったのは間違いだった。

乗り換えの切符を片手に二面三線のプラットホームに踏み入った黒髪の少女は、視界の違和感に小首を傾げる。

美人というには少し幼げで、かわいいという表現が似合う童顔の美少女だ。ブラウスを膨らませる胸元《むなもと》のラインが目を引くが、上品な服装が絶妙で全体的な印象としては決して目立つことなくまとまっていた。

トキトウ・アカリ。

異世界から召喚された『迷い人』であり、召喚されることによって純粋概念と呼ばれる脅威の魔導を魂に付与された人物だ。

いつもは元気のよさを表している黒い瞳《ひとみ》はまぶたによってもの憂げな形になっている。跳ね気味の黒髪を押さえるカチューシャは、いま彼女の手元にはなかった。この世界で最も信頼している友人の手元に残してある。

自分の意思で彼女の元を離れたのだということを伝えるためと、ほんのちょっぴり、離れた場所にいるメノウに自分のものを持たせておきたいという独占欲を押し付けた。

そうして頭がちょっとだけ身軽になったアカリは、くゆる視界の違和感に足を止めていた。

足を踏み出せば、かつんと硬質な足音が響く石畳の構内。決して広くはないが、丁寧なつくりのプラットホームは、もやがかかったように見える。

けれども煙にしては鼻につくにおいがない。霧にしては肌に水気を感じない。これはなんだろうと目元をこすってから、原因に気がついた。

視界に満ちているのは煙でも霧でもなく、より細かい光の粒子だ。

導力光。

この世界で魔導現象を引き起こす元となる【力】の発露だ。発生源はと視線を動かせば、すぐに判明した。

停車している導力列車が、導力光を噴き上げて汽笛を鳴らしていた。多くの乗客を運ぶ列車を動かす導力機関が【力】の燐光《りんこう》を排出し、駅の中に拡散させてプラットホームをけぶらせているのだ。

日本ではまず見られない発光現象に、アカリの口元がわずかに緩《ゆる》んだ。

二カ月ほど前のこと。連れの少女が、五イン硬貨から光の泡を生みだして子供を喜ばせていたことを思い出したのだ。

「メノウちゃん、どうしてるかな……」

この世界で出会った親友。他のなにを差し置いても大事にしたい人。いつも傍《そば》にいて守ってくれた彼女は、いま隣にいない。

「……はぁ」

懐かしさが、寂《さび》しさに変換される。しんみりした気持ちをごまかすため、光を掴《つか》めるかと手を伸ばして虚空《こくう》で握ってみる。

手のひらにはなんの感触も残らなかった。アカリの手の動きにもそよぐことのない光の微粒子は、行き場を失いながらも漂い時間の経過とともに拡散して消えていく。

導力とは、そもそもいったいなんだろうか。

舞い踊る導力の発光現象を前にして、そんな疑問がアカリの脳裏《のうり》をよぎった。

日本人であるアカリがいた世界の文明を支えているのが『科学』であるのと同じように、この世界の文明の根幹は『魔導』だ。

導力という地球には存在しなかったエネルギーは、この世界では生命の定義にまで深くかかわっているという。アカリがいた世界と絶対的に異なっているものこそが、いま目に見えて漂っている導力だ。

導く力。そんな名称がつけられた不可思議な【力】を元に発動する魔導とは、どうやって生まれたのか。

とりとめのない好奇心にとらわれて、ちょっぴり知的な気分に浸っていた時だった。

どんっと背中から軽い衝撃が走った。

「んひゃ⁉」

「なぁーにガキみたいなことしてるんですか？」

立ち止まったアカリに肩をぶつけたのは、二、三歳は歳下《とし》の小柄な少女だった。白い神官服に身を包んでいる彼女は、アカリの悲鳴を聞いて鼻を鳴らす。

かわいらしい、という感想が真っ先に浮かぶ少女だ。

本来は足首まで覆《おお》う丈のスカート裾《すそ》を大胆に短くし、ふわりと揺れるフリルに改造をしてある。健康的に伸びたしなやかな両脚は黒いタイツに包まれて外気より守られていた。

「十歳のガキじゃないんですから導力光で遊ばないでください。魔導現象になっていない導力光には大した物理干渉力がないので触れませんよ」

アカリの行動が十歳以下だと揶揄《やゆ》する口調は刺々しい。

垂れ目で小柄なのに、かわいらしい面持ちが小憎たらしく見えるほど弱々しさよりも生意気さが目につく。事実として、彼女の気質は『穏やか』とは程遠い攻撃的なものだ。

「モモちゃん……」

名前を呼んだだけだというのに、モモの目の形が不機嫌そうなものへと変化した。

モモの性格はアカリも承知しているが、面と向かって嫌っている感情を隠そうともしない態度が面白《おもしろ》いはずもない。むっとアカリの唇がへの字にひん曲がる。

アカリの反発の念を読みとったモモが、頭半分ほど下から、じろりとにらみつける。

「なんですか、そのクソ生意気な口元は。文句でもあるっていうなら、聞くだけ聞いてやってもいいですよ?」

「べっつにぃ?」

明らかに煽《あお》りにきているが、アカリも反感を隠す気はない。近くのベンチに座って腕を組み、わざとらしく語尾を跳ね上げる。

「いいじゃん。乗り換えの列車が来るまでまだ時間があるんだし、なにをしようとわたしの自由だと思うんだけど? ていうかモモちゃん、いちいち細かい行動にまで口出ししてくるの、うっとうしい。なんなの? 小姑《こじゅうとめ》気取り? わたしがメノウちゃんのベストパートナーだって認めた嫉妬《しっと》?」

「妄想を垂れ流すのはやめてくれません? こっちに旅程の計画から手配まで全部押しつけて苦労ばっかりかけて足を引っ張る奴《やつ》の声とか、聞くだけで耳が腐りそうになるんです。自分の行動に責任も持てない素人《しろうと》が、自由とか口にするのは失笑ものですね。そもそも私、お前とは会話したくないんですけど?」

「ふっうっーん?」

言葉の売り買いが成立し、口ゲンカのゴングが鳴った。

アカリとモモ。両者の瞳に敵意が浮かび、放たれた眼光が空中でぶつかり合ってグギギッと音を立てんばかりに組み合う。

アカリはメノウと一緒にいる時の明るさと人当たりのよさからはかけ離れた物腰で、ふわりと膨らむ白ブラウスの袖《そで》を口元に当てて、わざとらしくクスクス笑った。

「あははっ。自分から声をかけてきたくせに会話したくないとか、モモちゃんったら、おかしいの。ちょっと前の自分の言動と矛盾しちゃうとか、見た目のちっちゃさに比例して記憶の容量まで小さいのかな。あ、ごめん。ちっちゃいのは心だったね？」

「へっえー」

普段のアカリらしくない仕草が言外の嫌みを際《きわ》だたせていた。神経を逆なでされたモモは、口端を引きつらせつつもかわいらしい笑顔を崩さない。

アカリとは席を一つ空けてベンチに座り、黒タイツを履《は》いた脚を組む。横目でにらみつけるようにして視線を合わせたモモは、にこりと微笑み白手袋に包まれた指先でとんとんと自分の頭を示した。

「【力】を使う度に記憶が消える人災《ヒューマン・エラー》もどきにそんな心配されるとは思いませんでした。お前こそ大丈夫ですかぁ、その頭の中身は。……まあ、お前の場合は元がひどいんで、頭の中身がまっさらになったほうが性格改善される可能性もありますけどね。先輩の心労も、少しは取り除かれます」

「はは－ん。そういう意味だとモモちゃんってかわいそうだね。そのひねくれた性格、治る余地がないもん。自分の性悪さと一生付き合わなきゃならないなんて、屈折した人生になりそうですっごく同情する。迷惑かける側のモモちゃんがメノウちゃんの心労を心配とか百年早いよ」

「能力とおっぱいしか存在価値がない役立たずのうるさい口が、先輩のことを語ろうとしないでくれません？」

「猫かぶりのあざとぶりっ子が、よく言えたね。素ではメノウちゃんにかわいいって思われないこと、自覚してるんでしょ？　だからぶりっ子口調でメノウちゃんと接してるんだよね？」

「はぁ？　記憶を回帰させてまで無邪気を装う腹黒リバーシブルの無能女に言われたくありませんー。この臆病者《おくびょうもの》が！」

びしぃッ、バチィっ、と言語による斬《き》り合いが繰り広げられる。平和なプラットホームに険悪な空気が渦巻き、通りがかりの人々が少女二人の雰囲気の悪さを察して危険地帯から離れていく。

敵愾心からかモモの舌鋒はいつも以上に鋭く研がれていたが、アカリも負けていない。

「臆病《おくびょう》はモモちゃんのほうでしょ？　小さい頃から一緒にいるくせに、いまだ自然体で喋《しゃべ》れないでかわい子ぶることしかできないとか……モモちゃん、どれだけ自分に自信がないのかな？」

「あはははは、何度も同じ時間をやり直しても先輩の好感度をロクに稼げないどこかの能天気女ほどじゃありませんよー？」

　モモとアカリは、とある目的で一緒にいるだけで友達でも仲間でもない。彼女たちの仲は控えめに言っても天敵同士だ。そんな二人が連れ立って旅をしているとなれば、険悪にならないわけがなかった。

「ふうっ。モモちゃん、チビのくせに悪口のストックは豊富だね」

「デブが腹に貯めているストックほどじゃないですよ」

　お互い、一息つくために悪口雑言の応酬が止まった。

　もしかして争いの不毛さに気づいてくれたのだろうか。彼女たちと同じく列車を待っている周囲の人々が抱いた淡い期待は、冬場の乾燥した空気の中で毛糸のセーターをこすり合わせているみたいなバチバチとした視線のぶつけ合いをしている二人を目撃することで儚《はかな》くも散った。

　少女たちがガンをつけ合う静かな時間は短かった。

　ぴりぴりと緊迫した空気の中、再度、嫌味の口火を切ったのはアカリだった。

　まずはジャブ。非常にわざとらしく、重苦しい吐息をもらす。

「はぁーあ。ねえモモちゃん。相性《あいしょう》が悪い人との二人旅ってさ、道中を楽しむどころか疲労しか生まれないいね」

「奇遇ですね。性格が悪い旅の連れがいると、精神的な負担が倍増するっていうのには同意です」

「うんうん、わっかるなー！　モモちゃんと初めて気持ちが通じ合ったよ！」

口調こそきゃいきゃいしているというのに、傍で聞いていたらむせかえるほどのスパイスが一言一句に隙間《すきま》なくぎっしり込められている。不穏なのに明るいという絶望的な会話をテンポよく続けていたアカリが、不意に声のトーンを落として一言。

「どぉーりでメノウちゃん、いつもはモモちゃんとは別行動をしていると思った」

ぴきっ、とモモのこめかみに青筋が浮いた。

言葉のブローがモモのメンタルにめり込んだ。ほんの一瞬、それでも隠しようもなく放たれたのは怒気ではなく殺気だ。こいつ絶対にブッコロスと声にせずともありありと伝わる殺意を空気に放ちつつも、口元だけは笑顔になっている。

苦しい訓練をこなし、処刑人の補佐官として数々の修羅場《しゅらば》を経たモモの殺気を受けながらも、アカリは涼しい顔をしていた。

きっと笑顔を崩壊させたほうが勝ちだというルールになっているのだろう。しかも暗黙の了解で。どうしようもなく無意味なプライドの張り合いだ。

「私が先輩と別々に行動してたのは、どっかの誰《だれ》かさんがお邪魔虫だったからですけどぉ？　べったりと張り付こうとする性悪女の目を盗んで会う時間は、先輩も息抜きになっていたと思いますー」

「そっかなぁ？　後輩の立場を利用した盗撮ストーカーがうっとうしかったから引き離してたかもって、ちらっとでも考えたことない？　それとももしかしてモモちゃんって、自分の性格の悪さを自覚してなかったりする？　大丈夫？　人様に迷惑をかけている自覚はちゃんとしたほうがいいよ？」

「性格の悪さを自覚っていう言葉、そのままお返ししますよ。先輩も、こんな態度が悪くて性根が腐りきっている奴と一緒に旅をして、ほんっとーにお疲れだったと思います」

先ほどまでの盛大な罵《のの》り合いとは違い、ここにはいない人物の名前を盾に槍にと使ってのちくちくとした嫌味の刺し合いだ。名前を出された当の本人が二人の口論を聞いたのならば、あまりのくだらなさに頭痛をこらえる仕草をしただろう。

だが悲しいかな、いまこの場に二人を仲裁できる人物はいなかった。

「ちなみに、お前の言う『盗撮』の結果、ちっちゃい頃からの先輩のアルバムがあるんですけど——見たいですか？」

「……ッ⁉」

変化球の切り込みに、初めてアカリが口をつぐんだ。

神官の持つ教典には、周囲の映像を取り込んで記録する魔導がある。モモは数少ない得意魔導であるそれを悪用し、敬愛するメノウの幼少期からの秘密アルバム（本人非公認）をつくっていた。

そのことはアカリも知っていた。差し出されたエサに、視線がきょろりとさまよい内心の葛藤が表出する。

見たい。しかし、よりにもよってモモに見せてくださいと頼みたくはない。アカリにだってプライドはある。いや、しかしと相反する感情が苦悩となって噴出する。

わかりやすいアカリの狼狽《ろうばい》に、モモが「ぷっ」とふき出した。

「あははは、ばぁーッかですねー！　頼まれたって、お前なんかに見せるわけないじゃないですかぁ、ばぁーっか！」

「なぁッ。こ、んのぉ……！」

ケラケラと、ある意味で年相応に笑うモモに怒りの視線を叩《たた》きつける。やり込めた優越感からか、モモはやれやれと肩をすくめて余裕たっぷりの口調になった。

「先輩コレクションは私の長年の成果の結晶にして、燦然《さんぜん》と輝く至宝なんですよぉ？　だいたいですねぇ。……あれはちょっと前に、先輩の手で消されてもうないです」

思い出したら自分もダメージを受けたらしい。モモはずぅーんと重い空気を背負って両手で顔を覆った。メノウの水着姿というお宝映像を求めるあまり隙《すき》を作り、メノウ本人の手で大量消去の憂き目にあったのだ。アカリもアカリで「え、えっ、ないの？」と、自分の知らない幼少期のメノウを見る機会を失ったことにショックを受ける。

ちなみに消された当時、モモはショックのあまり確認していなかったが、メノウが消したのは無許可での盗撮のみだ。普通に撮影された映像は温情で残されている。

「だいたい――む」

両者が自爆でダメージを負いつつも、まだまだ続くぜこれからだと悪口のストックを放出しようとしていた時、列車到着を知らせるベルが鳴った。

二人が乗車予定の列車だ。重厚な車輪の音を立てながらホームにすべり込む。言い合いがかき消される列車の駆動音に、さしもの二人も口を閉じた。

互いに互いを言い負かせなかった未練が絡《から》み合《あ》って取っ組み合いのプロレスを始める。どちらの少女の顔にも『まだまだいけるんですけど』という言い足りなさが表れていたものの、口ゲンカを再開して列車に乗り遅れるほど大バカではなかった。

だからこそ、アカリが口を開いて始めた会話は罵り合いではなかった。

「……モモちゃん。オアシスを出る前に言っていたこと、本当なんだよね」

「本当ですよ。騙《だま》す意味もないです。だからわざわざ、お前なんかを連れてきたんですから」

二人が口にしていることは、これからの予定だ。

アカリはこの世界で一番大切な親友であるメノウの傍を離れた。モモも同じように、この世界で唯一絶対だと言えるほどの感情を向けているメノウの意思に背《そむ》くことを承知で、アカリを連れ出した。

列車に乗るために立ち上がった彼女たちが、メノウから離れた理由はたったの一つ。

メノウを生かすためだ。

「先輩が私たちを追いかけている間は、決して先輩は第一身分《ファウスト》を裏切りません」

そのためだけに、お世辞にも相性がいいとは言えない二人はメノウすらも出し抜いて一緒に行動している。一番重要なのは、メノウと離れることなのだ。

「メノウちゃんに追いつかれないように、っていうのは大丈夫なの？」

「それこそ言われるまでもなく大丈夫です。先輩は、私たちの追撃に三日は時間が空くはずですから」

「三日も？」

「私が先輩から離れる時に、なんの対策もしていないと思いましたか？」

アカリの不安を払拭するために、というわけでもないが、モモははっきりと断言する。

「オアシスを出る前に、先輩の旅の資金をごっそり抜いておきました。今頃《いまごろ》は金策で追いかけるどころじゃないですよ」

「……うっわぁ」

容赦のない足止めの方法を聞いて、アカリはドン引きした。

「モモちゃんってさ、やっぱり性格悪いよね」

「当たり前じゃないですか」

性格が悪いと言われても、モモはすまし顔だ。

「性格のいい処刑人なんて、先輩以外存在しません」

謎《なぞ》の説得力を持つ台詞《せりふ》に有無を言わさず納得させられてしまった。


大陸中央部の未開拓領域の砂漠地帯。

風が吹けば乾いた砂が舞う、からりとした空気。日差《ひざ》しが肌を焼く過酷な環境だ。そんな砂漠の最中にあるオアシスは、砂漠に潤いをもたらす貴重な休憩所だ。喉《のど》を潤すのはもちろんのこと、豊富な水分は砂の大地に緑を茂らせる。人が集まれば建物が並び、中継地点として重宝されるようになる。

そうして出来上がった町の安宿の一部屋に、一人の少女がいた。

まだ十代半ばだというのに、大人びた美貌の持ち主だ。身に纏《まと》うのは、正式な神官であることを示す藍色の神官服である。右裾部分に大胆なスリットがいれてあるのは、なにも彼女の美脚を見せびらかすものではない。太ももに巻いたベルトに備え付けられた短剣を素早く取り出すための仕組みだ。

第一身分《ファウスト》の神官にして禁忌を狩り取る処刑人、『陽炎の後継《フレアート》』とも称されているメノウである。

彼女の全身は導力光の燐光に包まれていた。一定の呼吸の間にもメノウの精神が揺らぐことはない。

魂から【力】をくみ上げ、精神で律して肉体の全身に循環させる。導力を肉体に流していくうちに、不自然に澱み、軋む箇所がある。不具合な箇所を平常時に戻すように意識して、ゆっくりと導力を循環させていく。

メノウは少し前の戦闘で、少なからぬダメージを負っていた。

『鉄鎖《てっさ》』の武装集団。修道女であった義肢の持ち主、サハラとの戦闘。そして彼女の望みに応《こた》えて現出した願望人形、三原色の魔導兵。

激闘の末に勝利を勝ち取ったが、無傷の勝利にはならなかった。

特に最後の強敵から負った傷は小さくない。ほとんど、敗北していたところからの逆転だ。

連戦で負った傷を癒《いや》すため、メノウは自己治癒に専念していた。

導力強化は人の身体機能を高める。その応用で体の治癒能力を高めて傷の治りを促進させているのだ。無論、限界はあるものの、ある程度の傷ならば飛躍的に治りが早くなる。

ぱちり、と目を開ける。

メノウの全身を包んでいた導力光が霧散した。ふぅっと短く呼気を吐き出して立ち上がり、全身をほぐす。ストレッチの動きに合わせて、黒いスカーフリボンでまとめた淡い栗毛のポニーテールが揺れ動く。

一連の動作で痛みが残っているかどうかを確認し、問題はないと自己診断を下した。

「ん、こんなものね」

完治したというほどではないが、いざという時に戦闘をしても動きに支障はでないところまでは持っていけた。ダメージの多くが打撲によるものだったので、治しやすかったのだ。これが骨折や内臓に達するような切り傷ならば、こうも簡単には治癒できなかった。

「さて、身体の調子はいいとして」

台詞を切ったメノウは、声のトーンを落とした。

「……お金、どうにかしないとね」

吐き出された声には、たっぷりと悲嘆の念が込められていた。憂いに満ちた視線は、宿のベッドに向けられている。

そこにはメノウの旅荷物が並べてあった。

いつもは腰のベルトに吊《つ》り下げている革製の丈夫なバッグが、中身を失ってぺしゃんこになっている。持ち歩いている旅荷物のすべてをベッドに並べ、客観的に目視での確認ができるようにしたのだ。

整然と並べられた荷物を見るメノウの表情は沈痛だ。

並べてみれば一目瞭然だ。旅荷物の中でも重要なものが抜き取られていた。

端的に言うと、お金がなくなっていた。

「……どーしてこうなるのかしら」

そっと空の財布をつまみあげて見つめるメノウの顔は悲しげだ。不思議と悲哀の情が伝わる。お金のない無常をよく知る者特有の憂慮である。

時に高圧的に任務を押し付けられ、時に理不尽に見舞われながらもこつこつ集めた旅資金の消失だ。なにもメノウが派手に豪遊して資金を使い込んだわけではない。むしろメノウは勤勉で質素な生活を送っている。この間だって第一身分《ファウスト》としての活動の一環で、砂漠の遺跡をアジトにしていた武装集団『鉄鎖』を壊滅させるという武功を挙げている。

そんなこんなの事件に巻き込まれて宿を留守にしていた間に、置いていた金銭が窃盗により紛失したのだ。

メノウとて神官として清貧の心得はあるが、好んで貧乏でいたいわけではない。これでも自分は聖職者として順調に階級を上げていっているエリートなはずなのだが、なぜこんなにも資金繰りに困るのだろうか。現実逃避気味にそんなことを考えてしまうのは、なくなったものがお金だけではないからだ。

資金の窃盗に加えて、もう一つ。

ここまで旅をしていた連れ、トキトウ・アカリの失踪《しっそう》という重大事まで起こっていた。

「頭が痛くなるわね……」

シャレにならない状況を改めて認識し、愚痴をこぼす。

こちらこそが大きな問題だ。彼女がいなくなったことに比べればお金がなくなったことなど些細《ささい》だと言い切ってしまえる。

なにせメノウの役目は、アカリとともに旅をすることである。

異世界の日本から召喚された『迷い人』にして純粋概念【時】の保有者、トキトウ・アカリ。彼女の監視と対処こそが、処刑人であるメノウの本分だ。その対象である彼女が失踪した。

どうするか、とメノウが腕を組んだ時だ。

『ざまぁないわね』

不意に、後ろから声が響いた。

メノウが振り返るも、視線の先には誰もいない。テーブルの上に置かれた二冊の教典があるだけだ。二冊の教典の片方は、モモが置いて行ったものだ。

異変が起こっているのは、もう片方。

メノウが所持している教典から、人の声が発せられていた。

『自分の後輩に出し抜かれた気分はどう?』

「どうもこうもないわよ、サハラ」

メノウが冷ややかに声の主の名前を告げると、教典が導力光の立像を結んだ。

ふわりと宙に姿を浮きあがらせたのは、修道服姿の少女だった。

緩やかにウェーブした銀髪を肩口まで伸ばしており、力の抜けた瞳が気だるげな印象を与えている。見ればはっとするような美少女だが、最大の特徴はその大きさだ。

掌に乗るほどの大きさしかないのだ。

もともとは教会に属する身でありながら、メノウへの嫉妬や羨望《せんぼう》をこじらせて禁忌に手を染めた修道女だ。彼女はメノウとの戦いに敗北すると同時に肉体を失い、よりによってメノウの教典に精神が宿ってしまったという特異な状態に陥《おちい》っている。

死に損なった彼女はちょっと前まで膝《ひざ》を抱えて『死にたい』とばかり呟《つぶや》いていたのだが、メノウがモモにしてやられたと見るなり、はつらつとし始めた。

『アカリちゃん、モモに連れて行かれたんだ。信頼していた後輩に裏切られたわけね、メノウ』

「……まだ、モモがアカリを連れて行ったって決まったわけじゃないわ」

『見苦しい言い訳ね。あなた自身が、モモが裏切った可能性が一番高いって判断しているくせに』

「……」

なにも言い返せずに、むっつりと押し黙る。

サハラの言う通りだ。モモが自発的にアカリを連れ去った痕跡は、はっきりと残されている。宿にはアカリのカチューシャとモモの教典が置いてあったのだ。書き置きも含めれば、間違いなく彼女たちが自身の意思でここを発ったと考えて間違いない。いまの発言は、明らかな身内びいきの発言だった。

『どうするの？　処刑人補佐としてあるまじき独断。あのムカつくチビゴリラを、命令違反の背信者として告発するのが筋だと思うけれども？』

「しないわよ。モモはモモで、あの子なりの判断で動いたんでしょう。そもそもあの子は私の補佐官だもの。私が責任を取らなきゃいけないのは当たり前でしょう」

『……モモには甘いところがあなたらしくて、寒気がする』

「そうね。でも、そのおかげであなたのことは後回しにしなきゃならないわ」

棘《とげ》のある口調を、さらりとかわす。

モモの行動は放置ができない問題だ。だからこそ修道女の身にありながら禁忌を犯したサハラの処分は、いったん棚に上げることになった。

折り曲げた人差し指で、こつりと軽く教典を叩く。

「サハラ。いまのあなたは禁忌そのものよ。残念だけど、私はあなたを助けることはできないわ。寿命が延びたことについては、モモに感謝したほうがいいかもね？」

嫌味を含ませると、今度はサハラが黙り込んだ。

たとえ『絡繰《からく》り世《よ》』に影響されていたのだとしても、彼女の行いは許されるものではない。メノウを殺そうとしたという行い以上に、『絡繰り世』の性質を取り込んだ挙句にメノウの教典に宿ってしまった彼女は、いまや存在自体が禁忌になっている。

人体の導力生命体化現象。

肉体を失ったというのに、魂と精神が保全されているという異常事態だ。モモに追いついて捕まえた後は、サハラの件も処理しなければならない。報告の際には証拠としてサハラが宿っている教典は差し出すつもりだった。

「次の町の教会で引き渡そうと思っていたけど、そんな余裕もないわ。モモを回収した後、そのままあなたも聖地まで持って行くことになるわね」

メノウが目指している『塩の剣』がある場所に向かうには、第一身分《ファウスト》の中心地である聖地を経由する必要がある。普通に殺しても死なない能力を持ったアカリを殺害する手段として『塩の剣』を選んだ段階で、メノウは旅程に聖地を含めていた。

「その後にあなたがどういう扱いを受けるかは、私が関知することじゃないわ。……覚悟は、しておいたほうがいいでしょうね」

メノウがいますぐ教典を焼却するなりしてサハラを処分しようとしないのは、いまの彼女がなんなのか、メノウ自身にも判断がつかないからだ。

ただ、サハラが宿っている教典では、メノウの魔導行使が阻害される。しばらくはモモが置いて行った教典を代用することになる。

「それまでは人目につかないようにしてもらうわ。いまみたいな導力光での立像はもちろん、会話も控えなさい」

『……もし、守らなかったら？』

「その場で処分することも考慮に入れているわ」

人体の導力生命体化現象は珍しいものの皆無ではない。不可解なのはメノウの教典に宿ったことであり、さらに憂慮すべきはサハラに『絡繰り世』の影響があったことだ。

メノウがこの場で教典を焼き尽くさないのも、いまより状況が悪くなる可能性を否定《ひてい》できないという理由が大きい。下手をすれば、もう一度、彼女の肉体として願望人形が現れかねないとすら考えていた。

ただ、その可能性は、万が一という程度のものだ。

少しだけだがサハラに対する同情と、二度目の殺害に対する躊躇《ちゅうちょ》があった。

『……あっそ』

死刑宣告に等しい宣言を聞いても、サハラの声に動揺はなかった。

『好きにすればいい。助かるつもりもないし、ましてや、あなたに助けられるつもりもない。私は禁忌を犯した元修道女。あなたはそれを処理する処刑人の神官。それだけ』

「……そうね」

サハラがそう言うのならば、メノウにできることはない。せいぜい話し相手になることぐらいだ。それも彼女がいなくなるまでの短い間だけ。

「どちらにせよ、まずはモモを追いかけることには変わりないけどね。モモがなにを考えてアカリを連れて行ったのか、聞きださなきゃいけないもの」

『どうやって？　いまのあなたの状態で、追いつけるとは思えないけど』

言葉を区切ったサハラが、空になったメノウの財布を見て嘲笑《あざわら》う。

『だってお金がないじゃない』

「まあ、そうなんだけど……」

根本的な指摘だ。なにをするにしても、先立つものが必要である。

もちろん、その点についても無策ではない。メノウはそっとかがんで、ふくらはぎを覆っているブーツの中に手を入れる。

指先に、かさりとした紙の感触を覚える。つまんで取り出したのは一万イン紙幣だ。

『……無一文、っていうわけじゃないのね』

「さすがにね。旅の素人じゃあるまいし」

サハラの声になぜか悔しさがにじんでいたが、それは聞き流す。

財布に旅費の全部をまとめるほど不用心ではない。分散させて肌身に隠していた分は残っている。もとが少ないので大した金額ではないが、これで食料と水を買い込めば、ぎりぎり砂漠を越えることはできるだろう。

『それでも、資金が足りないことには変わりないわね』

サハラの指摘はもっともである。

いまの手持ちだと砂漠を越えたところで資金が尽きる。モモが本気でメノウを振り切る気ならば、砂漠を越えた後に列車を使って移動するだろう。旅費の調達で仕事を請け負っていたら、モモたちを追う時間がなくなってしまう。

メノウのような処刑人が任務費を融通してもらう際には、その町で起こっている厄介ごとの解決を押し付けられるのが常だ。教区のよそ者に予算を割く代わりに働けという理屈である。砂漠を抜けて次の町にたどり着いたところで、そこの教区の教会がやすやすと資金を渡してくれるとも限らない。交渉に時間を費やしていたら、確実にモモとアカリを見失ってしまう。

さて、とメノウは紙幣を口元に当てる。

アカリを連れて行ったモモの目的は、なんなのか。

メノウが『鉄鎖』と戦っている間にアカリを連れ去り、足止めのために資金まで抜いて姿をくらました。モモの突然の行動は、メノウにとっては青天の霹靂《へきれき》だ。

メノウとモモの仲は良好だった。修道院の頃から先輩後輩として築き上げてきた関係の強さは、メノウの思い上がりではないはずだ。

そんなモモが、メノウに背いてまでアカリを連れて行った理由。

突飛にも思えるモモの行動原理を推測するための根拠となる言動は、あった。

——標的と長く接する任務は、先輩に向いていないと思います。

——ぼろを出すとか……そういうことじゃないですぅ。

アカリを引き連れることになった事の始まり。グリザリカ王国で、最初の役割分担を決めた時のやり取りだ。あの時のモモは、この任務に対するメノウの適性を疑っていた。

あれから、およそ二カ月が経《た》った。

「……モモから、そう見えたってことよね」

小さく、サハラにも聞こえない音量で呟く。

モモが独断を下した理由をうすうすながら察しつつ、心外だと唇を尖《とが》らせた。

モモは優秀だ。ただし思考が自己完結する傾向にある。大抵は自分のスペックの高さに任せて問題が解決できてしまうからだろう。モモは基本的に自分がこなせるように物事をこなす。逆を言えば、行動から手癖《てくせ》が抜けていないせいで、自分がしない思考に考えが及《およ》ばないことが多いのだ。

おかげで、非常にわかりやすい。

現場で動くのは優秀だが、計画を立てるには好き嫌いが多すぎる。メノウの監督下にいる時は従順に指示を聞いてくれるのだが、それ以外では難があるからこそ、モモはいまだに補佐官なのだ。

そうなると旅の資金を抜き取った理由は見えてくる。単純に、メノウの足止めだ。

なにせ旅の素人に等しいアカリを連れていると、単独行動する時の倍は手間がかかる。モモにはメノウに追いつかれないため時間を稼ぐ必要があったのだ。

この足止めを解消する方法は簡単だ。

「たぶんモモは、私があの人に頼るっていう発想自体なかったんでしょうね」

『あの人？』

誰のことを示しているのかと疑問を投げたサハラに対して、メノウは余裕をもって告げる。

「お金持ちには、心当たりがあるの」


「金か？　いいぞ」

メノウが旅費を無心するために訪れた先の人物は、あっさりとそう言い放った。

いくら必要なのかという金額すら聞かずに了承したのは、絢爛《けんらん》な容姿の持ち主だ。女性にしては背が高く、起伏に富んだ恵まれたスタイルを見せびらかす先進的なデザインのドレスを着ている。装飾品で飾るまでもなく、彼女という人間自体が華やかだ。生い立ちで育まれた人格と生まれ持った外見がここまで合致している人間も少ない。

グリザリカ王国の末姫にして『姫騎士』と名高い実力者、アーシュナ・グリザリカだ。

メノウとは砂漠にいた武装集団『鉄鎖』壊滅の作戦で共闘もした仲である。一連の事件で彼女も少なくない怪我《けが》を負っていたはずだが、目立つ傷は残っていない。メノウと同じく、導力強化の応用で自己治癒を施したのだろう。

「いくら欲しいかの金額も言ってませんけど、いいんですか？」

「いいに決まっている」

アーシュナは足を組み、青い瞳を細めて雅に笑う。

「金で君に貸しを作れるなら安いものだ。いくら欲しいか言ってみろ。貸す金額は高ければ高いほどいいな。返せないほどならば最高だ」

「……できるだけ最低額で借りますので、お気遣いなく。できるだけ早く返済します」

「そうか？　それは残念だ」

　本気で残念そうな声だった。金の貸し借りに嬉々としているのは、金銭に興味がないのではなく担保が確実な投資だと考えているからだろう。メノウに貸せば、どう転んでもメノウ自身で回収できるという確信があるからこその押しの強さに、さしものメノウも引き気味になる。

　アーシュナは気にしたそぶりもない。無造作に自分の財布をメノウへと投げ渡した。

「ほら、好きに持っていけ」

「……ありがとうございます」

　気風《きっぷ》のよいアーシュナの性格はメノウも承知している。下手《したて》に出過ぎる必要はないと数万インをその場で抜き出した。

「しかし財布で足りる程度となると、普通の貸し借りは面白くないな。せっかくの機会だ。条件を付けさせてもらうか」

「別に面白さでお金は借りてませんけど……条件ですか。利子でもつけますか？」

「利子を付けて、なにが楽しいんだ？」

　金貸しの定石の条件といえば利子である。暴利ではないといいがと、貧乏性が染《し》みついているメノウが内心で不安になるも、財布を返されたアーシュナはとびきり人の悪い笑みを浮かべた。

「ふむ、借りた金額は五万イン程度か？　それだったら金は返さなくていいぞ。その代わりに、君には面白いことをしてもらおう」

金を返さなくていいと言われたのに、メノウの不安が倍増した。

なにを言う気だと警戒するメノウをよそに、アーシュナが立ち上がる。

「知っているかもしれないが、私は結構な着道楽でな」

「それは、まあ、言われれば納得です」

普段から着ているドレスからして革新的なデザインをしている。アーシュナが服にこだわりを持っていると推察するのは容易《たやす》い。

彼女が着道楽なのと、お金を借りる条件になんの関係があるのか。つながりの見えない話に戸惑っているうちに、アーシュナは部屋の一角に置かれているクローゼットへと足を向ける。

アーシュナが開いたクローゼットの中には、いまは様々な衣装があった。

ドレスの印象が強いアーシュナだが、着道楽を自称するだけあって服の種類も揃《そろ》っている。その中の一着を手に取ったアーシュナは人を食った笑みを浮かべる。

「ほら、メノウ。君にはしばらく、これを着てもらおうか。ああ、サイズの調整は使用人に任せるから安心してくれ」

「……はい？　これ、ですか？」

渡された服を見て、メノウは不覚にも間の抜けた顔をさらしてしまった。

この大陸で、人類が『国』と呼べるほど広く生存圏を獲得している領土は多くない。凶悪な魔物や強力な魔導兵、なによりもかつて存在した人災《ヒューマン・エラー》の爪痕《つめあと》が人類では生存圏を確立できないような環境を生んでいる。どの国であっても国境の外には未開拓領域が広がっているため、この世界の住人の多くは国をまたいで移動するという発想自体、持ち合わせていなかった。

一般市民が危険の大きなこれらの地域を踏破しようと考える機会があるとすれば、大陸西部にある聖地に向かう旅、巡礼に挑もうという時くらいだ。未開拓領域を渡るには大きなリスクがあるため、普通ならば一生に一度、挑むかどうかのものである。

だからこそ、この世界の多くの人間は国内での移動を指して『旅』と表現する。

ある程度の安全が確立されている国内を旅する上で欠かせない存在が、導力列車である。国内に張り巡らされた線路の上を走る列車は、人類にとって最大の移動手段だ。

大陸中央部にある砂漠を越えて広がる平野部から山間部に向けて走っている列車も、国内移動のために運行している車両の一つだ。

内装は簡素である。中央に通路があり、左右に対面型のシートが並んでいる。赤い布張りの座席はやわらかそうに見えて、実のところ骨組みの感触をまるで殺せていない張りぼてだ。緩衝材を挟まず見た目を取り繕っているだけなので、長時間座っていれば列車の揺れも相まって、お尻《しり》が痛くなると不評で有名な座席である。

そんな車両の中で、モモとアカリは暇つぶしにメノウ談義をしていた。

「メノウちゃんっていつもは神官服だけど、なにを着ても似合うよね。かっこいいんだけどさ、かわいい系も着こなせるのはすごいと思う。初めて会った時のメイド服とか印象に残ってるなぁ。ひらひらしてるんだけどシンプルにかわいかった！　……モモちゃんはそんなメノウちゃんを知ってるの？」

「グリザリカ王国の時のやつですか？　知ってるもなにも、あのメイド服は私が作ったんですぅー。裁縫の腕をお褒めいただき光栄ですよぉー、ばぁーか！」

「うそぉ⁉　モモちゃんそんなことできるの？　くっ、女子力ぅ……」

「私は昔から先輩の成長とおしゃれを記録してきましたからね。先輩のための努力は怠らないんです。料理も裁縫も潜入捜査も雑魚《ざこ》の露払いもできなさそうなどっかの誰かさんとは違うんですよー？」

「ぐぬぬぅ……！」

片や聖地にある修道院育ちの神官補佐。片や異世界からやってきた『迷い人』の少女。境遇も性格も違う二人の共通の話題となるのはメノウ以外にない。というかそもそも、この二人の最大の関心事がメノウなのである。

モモにとってもアカリにとっても不本意なことに、メノウを話題にした二人はとても会話が弾んでいた。

「メノウちゃんのおしゃれといえば、列車に乗る前に言ってたけど……本当に記録、残ってないの？　教典って映像を残せる魔導があるんでしょう？　メノウちゃんってなんだかんだで優しいから、思い出の品を全部消去ってしないと思うんだ。つまり、わたしにも幼メノウちゃんを見る機会がある！　そうだよね？」

「言われてみれば普通のは残っているかもしれませんけど……私の教典は、先輩の手元に置いてきました。だからどっちにしてもお前に見せる先輩の映像はありません」

「いーじゃん、ケチ。っていうか、なんでモモちゃんってば自分の教典を置いてきたの？　あれって武器なんだよね？」

「私は戦闘に教典をほとんど使いません。それに同期通信を可能にしている教典同士は、ある程度の距離だと互いの位置が把握できるんですよ。先輩が捜索でその圏内に入ったら一発で居場所が特定されるので、持ってくるわけにはいかなかったんです」

「むう。モモちゃんの役立たず！」

「黙ってろですド無能女」

幼少のメノウのことを知っているのはモモだけであるというくだらないマウントの取り合いに一勝したモモは、満足げに腕を組んで話題を変えた。

「さて、ちょうど時間が余っているので改めて話を整理します」

「えぇー、メノウちゃんの幼少期の映像より重要な話ってあるの？」

「手元に教典があろうがお前には絶対に見せないので諦《あきら》めろです。で、こっちの話をさせてもらいますよ。お前の記憶についてです」

モモたちがいる車両は客がまばらだ。視線だけ動かし余計な耳がないことを確認したモモは、走行音にまぎれて届くことのない音量を意識しながら二人の間で悪口雑言に次ぐ頻度で繰り返された話題を切り出した。

「お前は『先輩の死』をトリガーにして、純粋概念由来の魔導を使って、世界の時間を丸ごと回帰させていた。これは間違いないですね」

「うん」

トキトウ・アカリ。

彼女は純粋概念【時】を魂に定着させた人物だ。

純粋概念とはその名の通り、概念に等しい力を振るえる人知を超越した魔導である。アカリのような【時】以外にも、多くの種類がある。

自然現象としてやってきてしまうこともあるが、この世界の住人が絶大な【力】を求めて異世界人を召喚することがあるのだ。

そんな禁忌を処理するのが、モモやメノウといった処刑人の役割なのだが、今回ばかりは事情が違った。

「お前が時間回帰を繰り返した目的は、『塩の剣』に向かうための旅の途中、死んでしまう先輩を助ける手段を見つけるためだった、と」

アカリが無言のまま、力強く頷《うなず》く。

モモは座席の背もたれに体重を預ける。見た目だけはやわらかそうに見えるが、見事に見た目だけだ。硬い木に布を一枚張っただけの座席は、列車の振動をダイレクトに体に伝える。

列車に揺られながら、モモは改めて考えをまとめる。

世界の時間を回帰させる。

これがどのような現象なのか考察することは難しい。壮大な現象で、他に例がない。回帰された時間軸がどうなっているのか、いまここにいるモモでは観測することができない以上、考えるだけ無駄だ。

一つだけ、はっきりと断言できることは、アカリにとって都合のいい回帰現象になっている、ということだ。

純粋概念を宿して、行使しているのがアカリだ。発現する魔導は、彼女の意に沿うようになっている。

「お前は、めんどくさい女です。存在がマジでめんどくさくてどうしようもないです」

「うるさいよーだ。そもそもモモちゃんだってメノウちゃんを守れないから、私が回帰する羽目になってるんだからね？」

「知らない時間の自分のことを言われましても、これっぽっちも効きませんねー」

モモはアカリから話を聞くまで、メノウを補佐するために行動していた。アカリを殺すために『塩の剣』を使用するという決定に従っていたのだ。

だが、回帰した時間の中でメノウがアカリを守るために第一身分《ファウスト》を裏切ったことがあると聞いた瞬間から、モモの目的は変わった。

もしかしたら、という憂慮はしていた。

メノウは優秀な処刑人だ。短期間の接触で、確実に目標を屠《ほふ》ってきた。その手腕はモモたちの師である伝説の処刑人『陽炎《フレア》』の再来を思わせるほどであり、事実、メノウには『陽炎の後継《フレアアート》』という二つ名が裏の世界でささやかれている。

だからメノウは、優秀すぎたゆえに対象を短期で確実に処理し続けた。殺害する対象と長期にわたって接することが、アカリの前にはなかったのだ。

だからこそ、これから起こりうるメノウの死因を聞いた時も驚きは薄かった。

「先輩は……優しすぎるんです」

「うん」

アカリも神妙に頷く。

「最初に会った時からずっとそうだよ。メノウちゃんって、わたしに優しいんだよね。……えへへ！」

「こんな間抜けは見捨てればいいのにぃ……！」

照れ笑いをし始めたアカリを見て、なんでこんな奴のためにと歯ぎしりをする。

メノウが第一身分《ファウスト》を裏切り、導師《マスター》『陽炎《フレア》』に殺される。そんな事態を引き起こすくらいならば、モモはアカリのことを殺す必要すらないと判断。独自の考えのもと、メノウのもとからアカリを引き離して出奔《しゅっぽん》した。

アカリを殺害するための旅から、メノウの命を守るための旅に目的をシフトさせたのだ。

「でも、モモちゃん。メノウちゃんから離れてさ、メノウちゃんは本当に大丈夫なの？」

メノウとアカリが親密になるのが事の引き金ならば、メノウのもとからアカリが離れればメノウが死ぬことはない。誰でもすぐに思いつきそうな対処法をアカリが実行しなかった理由は、メノウの死因が導師《マスター》『陽炎《フレア》』によるものだとは限らなかったからだ。

事実、アカリがそもそもメノウと出会わないように行動した結果、逆にメノウの死期が早まったことすらあった。

それを聞いたモモは、無用な心配だと顔をしかめる。

「大丈夫です。あのですね、お前はバカだから気がつかなかったんでしょうけど――」

「モモちゃん。人の悪口を言うお口はチャックしてくれないかな」

「バカなお前は気がつかなかったんでしょうけど」

目を尖らせるアカリの要求など微塵も聞く気のないモモは、彼女の間抜けさ加減を強調しながら続ける。

「話を聞いた限り、先輩が死亡する原因は大きく分けて二つです。お前の言う赤黒い神官――導師《マスター》『陽炎《フレア》』に殺される展開。これは先輩が第一身分《ファウスト》を離反した際に起こっています。そしてもう一つの場合ですが……お前がいないと、先輩が危機を切り抜けるための戦力が足りないことがあるんです。その最たるものが、グリザリカ王国で、オーウェル大司教に囚《とら》われた場合だったんでしょうね」

これは一度、アカリがメノウと出会わないという方法を選んだ時に明らかになっている。

大司教オーウェル。

第一身分《ファウスト》でありながらも禁忌に手を染めた彼女は強敵だった。単純スペックでメノウを遥《はる》かに上回り、聖人の仮面をかぶり続けた策謀家でもあった。

彼女の根城であった古都ガルムでメノウが生き残れたのは、異世界人であるアカリの純粋概念を引き出すことができたからだ。ジョーカーに等しい特異戦力でもなければ切り抜けられないほど、オーウェルは格上の強敵だった。

あの事件の調査にはモモも協力をしていたからこそわかる。もしアカリがいなかった場合、メノウがオーウェルに勝利できたかというと、かなり厳しいと言わざるを得ない。

「先輩の死亡原因が二つあるから、お前は先輩と一緒に旅をすることで先輩を助けようという道を選んだんですね」

「うん」

アカリが首肯《しゅこう》する。

アカリと一緒にいなければ、オーウェルの罠《わな》をくぐり抜けることができない。これは確定していい事象だと考えていい。いくらメノウが優秀であっても、第一身分《ファウスト》の大司教まで至った人物は敵に回すには分《ぶ》が悪い相手だ。

「今回、その山は越えています。私たちがいま気にすべきは、大陸中央部を越えたあたりで先輩が導師《マスター》に殺される場合です」

つまりバラル砂漠を抜けた以後。現在進行形の話だ。

モモはオアシスでアカリからループの話を聞いている。そこからの移動の途中でアカリの記憶に残っている限りを聞き起こしていると言ってもいい。

聞いた限りでは、大陸西部に入ってからは先ほどのオーウェルとは話が違う。導師《マスター》『陽炎《フレア》』がメノウを殺すのは、ある一定期間以上の時間をアカリとともに過ごした場合に限られている。

「たぶん、ですが先輩は……」

モモが口ごもる。メノウが第一身分《ファウスト》を裏切る理由を言いたくないのだ。

特にアカリの前では。なにせ調子に乗るのが目に見えている。これを口にすれば、間違いなくウザいことになる。

それでも、しぶしぶ口を開く。

「……お前に友情を感じて、殺せなくなるんだと思います」

導師《マスター》によるメノウの殺害の原因は、話を聞いた限りメノウが第一身分《ファウスト》を裏切ってアカリを助けようとした結果だと考えられる。

聞いた途端、にへら、とアカリがだらしなく笑った。

「え？　えへへ……やっぱりそう思う？　やっぱり？　やっぱりかぁー！　メノウちゃんたら、そんなにわたしのことを――」

「すべての元凶はここで死ねぇ！」

「――わぶ⁉」

想定した以上に腹が立った。

調子に乗った罰は鉄拳制裁とばかりにモモが右ストレートを振り抜いた。わかりやすい予備動作付きだったので、とっさに席からずり落ちたアカリの頭上すれすれをモモの拳《こぶし》が通過する。

「あっぶな⁉　いきなりなに⁉」

「あー、ごめんなさいですぅー。元凶の分際で能天気に喜んでやがったのでぇ、つい殺意が抑えきれませんでしたー」

「嫉妬じゃん！　メノウちゃんがわたしのこと、モモちゃんより大事に思っているからって嫉

「妬しないでよね！」

「だーれーがぁ！　そこまでぇ！　言いましたかぁ⁉」

ガンを飛ばしながらも拳は引っこめる。ここで頭をぶち抜いたところでアカリは【回帰】により復活する。どうせ殺せはしないのだ。

「まあ、引っかかる部分も多いですけどね。とにかく、仮定としてはそんなものです」

いくつかある違和感の中でも顕著なのが、メノウを殺害する導師《マスター》『陽炎《フレア》』が現役《げんえき》の処刑人ではないことだ。

彼女は生ける伝説とまで呼ばれた処刑人だが、いまは処刑人を育成する修道院を統括する立場にいる。生ける伝説と呼ばれていようとも、本来ならば現場に出てくる立場にはいない。

裏切ったメノウを処理するためとはいえ、なぜ一線を退いたはずの導師《マスター》が動くのか。

メノウは優秀ではあるが、導師《マスター》でなければ殺害不可能だと判断されるほどには強くない。モモのひいき目で見ても、聖地で優れた神官たちで一部隊をつくって戦わせればメノウに勝利することはできる。

いくらメノウが直弟子に等しいとはいえ、導師《マスター》は弟子だから直々に手を下してやるという理由で自らが動くほど感傷的な人間ではない。

冷酷無慈悲。

あるいは、無感動の殺戮《さつりく》者。

それが導師《マスター》に対するモモの印象だ。任務に感情を差し込むことなどない。自分の命にも重きを置いていない。それなのにどうしてという疑問は残る。

だが幾度も導師《マスター》と遭遇したアカリから聞く限り、偶然ではない。特に一度目は、アカリを助けるためにメノウが第一身分《ファウスト》を裏切ったのは間違いないのだ。

正解にたどり着くにはピースが足りない。結論の出ない疑問は横に置いて話を続ける。

「それで、いままでと今回での最大の違いが『万魔殿《パンデモニウム》』ですか」

「そうなんだよね。あれにはびっくりした」

港町リベールで遭遇した人災《ヒューマン・エラー》『万魔殿《パンデモニウム》』。最低最悪と称された人災《ヒューマン・エラー》を閉じ込める霧の封印に、ほころびが発生するという異常事態が起こったのだ。千年もの月日による経年劣化を疑っていたが、アカリが世界を回帰させたことによる霧の結界の軋《きし》みだったらしい。

これればかりは盛大に顔をしかめるほかなかった。

「はた迷惑にもほどがありますね。間接的に世界を滅ぼす気ですか？」

「そんなつもりはないけど……」

心外、と唇を尖らせる。

実際、アカリは自分の魔導が四大人災《ヒューマン・エラー》を解放させかねない原因になっているとは知らなかったのだ。

「まあ、でも、メノウちゃんが死んじゃうくらいなら、世界なんて滅んでもよくない？」

「それはわかります」

否定する理由がなかった。モモも大真面目《まじめ》な顔で同意する。どちらにしてもメノウへの優先具合が大概だった。

「先輩を助けるために世界が犠牲になるのは仕方ないです。でも世界が滅びる過程で先輩が危険にさらされたら本末転倒でしょう。先輩のいないところで『万魔殿《パンデモニウム》』が暴《あば》れるのはどうでもいいですが、先輩の行く先で『万魔殿《パンデモニウム》』が出現することになるじゃないですか」

「むぐっ、確かに……！」

メノウ過激派の少女たちは他の被害など知ったことではないと話を続ける。

「なんにしても、先輩の死因をとり除く手段はいくつかあります。第一案は、お前が死ぬことです。異世界人のお前は身寄りもないので死んでも訴える人がいません。お前が早期に死ねば先輩が裏切る理由も消えます。残念ながら『万魔殿《パンデモニウム》』の小指は残りますが、それ以上の被害が広がることがないと考えれば悪くはありません」

「……モモちゃん」

身もふたもない意見に、アカリが深刻そうな表情を浮かべる。

「わたし、モモちゃんのこと大っ嫌いだからモモちゃんには殺されたくない。やっぱりさ、殺されるっていうのは信頼関係が必要だと思うんだ」

「お前はなにを言ってるんですか？」

意味不明な価値観である。

どうやら時間を繰り返し過ぎて頭がパー子になったらしい。モモは気の毒なバカを見る目で、憐憫の情を向ける。

「まあ、どっちにしても私がお前を殺すのは不可能なので、この案は却下ですけどね」

「そういえば、どうしてモモちゃんには無理なの？　『塩の剣』を使えば、モモちゃんでもわたしを殺せるよね」

「いまの私じゃ、使用許可が下りません。『塩の剣』がある場所には聖地を経由しないと行けないようになっているらしいんですよ。上官の先輩から無断で離れている私が聖地に行くとか、自首投降と変わりませんから」

「なーるほどぉ」

ほへー、と感心したアカリが納得した。

「やっぱりモモちゃんじゃ、わたしのことを殺せないんだね。ちょっと安心した」

「殺せれば普通に殺してますよ。……害虫女」

「ふふーん？　わたしを殺しきれないモモちゃんは安物殺虫剤ちゃんになるのかな？　負け惜しみの暴言は痛くもかゆくもないね！」

現状、モモにアカリを殺す手段はない。【時】の純粋概念に保護されているアカリは、尋常な手段での殺害など意にも介さず復活する。

「なんにせよ、旅の前半と中盤以降で明らかに先輩が死亡する理由が違うことには納得しましたか？」

「しました」

「よろしい。バラル砂漠を越えた後なら、お前が先輩の傍を離れても、先輩の対処能力を超える事件に巻き込まれることがないんです。その出来の悪い脳みそに、しっかりと刻んでおくがいいです」

「……そっか」

大司教が禁忌を犯していたなどという大事件には、そうそうぶち当たったりしないのだ。

「試さなかったんですか。どの時期に自分が離れれば、先輩が死なないのかって」

「……だって、不安じゃん」

アカリが小さく声を震わせる。

「三回目の時、だったかな。わたしが見ていないところでメノウちゃんが死んじゃったんだよ？　死なないように、ずっと一緒にいたいに決まってるじゃん」

彼女がメノウの傍を離れなかった最大の理由が、それだ。

助けようとした人が、自分とは無関係のところで死んだ。その出来事は確実にアカリの心を削った。

「もしメノウちゃんが死んじゃっても、時間を戻せる。やり直せる。でも、メノウちゃんが死んじゃったってことすらわからない状態だと、わたしは時間を戻すこともできない。なにが起こっているのか、わからないのは嫌だったの」

何度か繰り返した際に、アカリは一度、召喚直後にグリザリカの王城を脱出してメノウとの出会いそのものをなかったことにしようとしたことがあった。

その結果が、人であてもなくさまよっているところを導師《マスター》に捕捉され、メノウの死を告げられるという結末だった。それまで自分とは関係のないところでメノウは生きていてくれるだろうと思っていたアカリは世界を巻き戻す魔導を使用できなかった。

もともとアカリはロジカルとは程遠い感情的な性格だ。メノウの傍にいないといけないという強迫観念が、分析に必要な客観性をアカリから奪った。

アカリの吐露を聞いたモモは腕を組む。

いまいましいことに、その気持ちはわかってしまった。メノウが大事という感情が、どうしようもなく共感を生んでいる。

「これからやることが多いので、覚悟してください」

「わかったけど……それにしてもさ」

アカリがため息を吐く。

「やっぱり、モモちゃんとの旅って情緒がないよね。分かち合う以前に感動がないよ感動が。せっかくの異世界旅なのに、つまんない」

「感動、ですか」

モモが無言で目を細める。すでに何回も繰り返しているというのならば旅にも慣れているだろうに。この段になって愚痴を吐き続けるのは言いがかりと考えるべきだ。

だが、売られたケンカならば買ってやろうと質問を投げる。

「そういえば、こっちの山間部に来たのは初めてですか？」

「うん？　まあ、そうだね」

「なるほど。ここまでの経路だと、列車が走っていたのはほぼ平原でしたね。先輩が『塩の剣』を目指していたなら、まず間違いなく聖地行きのルートをとるはずですし、わざわざ遠回りはしませんよね」

ならば、とついっと視線を動かし、窓の外を確認した。山間部に入ってから線路の軌道に蛇行が増え、列車の足は遅くなっている。そして山道といえば、と見えた景色に、タイミングがよさそうだと口を開く。

「五、四」

モモがカウントダウンを始めた。突然の行動に意図がわからずアカリがいぶかしげな顔になる。

「三、二、一――ゼロ」

列車がトンネルに突入した瞬間だった。

車内に光が満ちた。

導力機関から排出される燐光が、トンネルの中で充満して窓から車内に入り込む。それはアカリたちがいる車両も例外ではない。モモが開けた窓から導力光の燐光が流れてくる。

淡い霧にも似た光に、アカリは目を奪われる。

トンネルを、抜けた。

差し込む日の光に負けて、薄く広がる導力光は相対的に輝きを失う。

「……で？」

平野部ばかり乗り慣れていれば、トンネルにはまず遭遇しない。幻想的な光景に言葉をなくして口をぽかんと開いたアカリへ、モモがすまし顔で問いかける。

「感動しました？」

「……んむぅ！」

アカリの口が、ぐぬぅっとへの字に曲がった。モモへの反骨心から素直な感情を覆い隠し、ふんっとそっぽを向いて強がった。

「してないもん！」

勝った。

明らかな負け惜しみに、モモがにやりと口元を吊り上げた。

モモとアカリが乗る普通列車の線路のはるか後方で、列車が走っていた。

先頭の機関車から後方の展望車まで、その車両の数は十両。駆動する車輪を線路に嚙ませ回転させて、前へ前へと進んでいる。外観からして、普通列車とは違う力強さがあった。

豪華寝台列車の三両目。一等車両のコンパートメントでは、香ばしいにおいが漂っていた。

内装はモモとアカリが乗った列車とは明らかに違う。ホームカウンターで切符を一枚買えば乗れる安価な一般車両では及びもつかない内装だ。テーブルの真横にある窓の外の風景が流れて行かなければ、高級ホテルの一室にいるのだと錯覚してしまいそうになる車両である。

その個室の乗客は、豪勢なことに列車でコース料理を味わっていた。

本来ならば厨房車両と隣接している食堂車で提供されているものなのだが、付き人に命じて厨房車両からワゴンカートを使って自分のいるコンパートメントまで運び、高級レストランさながらの配膳を楽しんでいるのだ。

品目もサービスも贅沢極《きわ》まりない食事をとっているのは、アーシュナ・グリザリカである。

魚料理を食べ終わり、一息ついたタイミングで配膳がされる。

「殿下。お次はこちらです」

「メイン料理はなんだ？」

「牛フィレ肉のポワレだそうです。続くデザートにローズシャンパンゼリーが、食後は紅茶でよろしいでしょうか」

「なるほど。よくわかっているな」

使用人のかくあるべしという所作に相槌《あいづち》を打ったアーシュナは、ふふっと笑みをこぼす。

料理を持ってきたのは、執事服を着た人物だった。執事服だから男性なのかといえば、そんなことはない。少女とも呼ぶべき年齢の女性が、執事服を着てアーシュナに料理を配膳していた。

アーシュナは、笑いを声に含んだまま彼女に語り掛ける。

「しかし、なんだ。やらせている立場で言うべきでないのは重々承知だが、意外と様になるものだな」

「こんなことをやらせている殿下にまったくもって言われたくないですが……様々な状況を想定して訓練していますので、大抵のことは人並み以上にこなせるという自負があります」

「給仕も職務の範囲内か。君ほどの者だったらどこでも活動できるよう訓練されていて道理だったな」

意味深に頷いたアーシュナが、フォークをつまんで向かいの席を示す。淑女にあるまじき不作法だというのに嫌味なほど様になっているのは、彼女の自信に満ちた所作ゆえだろう。

「どうせなら座ったらどうだ？　食事をしながら話し相手になってくれてもいいぞ」

「……まだ給仕が残っているので、遠慮いたします」

素っ気なく誘いを断った執事服の少女は、くるりと踵《きびす》を返す。コース料理という無駄に凝った食事を提供するためには、厨房車両まで料理を受け取るため何度も往復もしなければならない。からかいをたっぷりと含ませたアーシュナの視線を背中に受けながらコンパートメントから廊下に出る。

　このレベルの車両となると廊下でも内装が行き届いている。床には足裏をやわらかく受け止める絨毯《じゅうたん》が敷かれ、天井《てんじょう》を見上げてみれば見事な細工が施されている。壁に飾られたドライフラワーの香りがふわりと鼻孔をくすぐり、上品な内装も相まって心を落ち着かせる気配りで構成されている。

　人気のない廊下で、ふうっと重い息を吐いた少女は執事服の裾をつまんで、しみじみと呟いた。

「嫌なものね、借金って」

　なにを隠そう、執事服なんてものを着てアーシュナの給仕をしているのは、誇り高き第一身分《ファウスト》に属するメノウである。

　神官であるメノウが執事服を着てアーシュナの給仕をしている理由は簡単だ。

　借金のせいである。

　お金を借りる際に渡されたのが執事服だったのだ。使用人の服を着ろというのは、つまりアーシュナの侍従になれという条件だった。

「金を貸す代わりに一定期間、侍従になれというのも珍しい条件よね。アーシュナ殿下らしいといえばらしいおふざけだけど……」

　一人で愚痴をこぼしながら、厨房車両に向かう。

　男を装うべく変装しているのではなく、あくまで少女が男装しているというコンセプトだ。執事服ながらも女性らしいラインは隠すことなく、むしろ強調されたデザインになっている。

　ちなみに借金の代わりにメノウが執事服を着ることになった時のサハラの反応はひどいものだった。そのままアーシュナの侍従に転職すればどうだとからかい倒して来たものだから、荷物の奥底に叩き込んでおとなしくさせた。しばらくは表に出さない予定だ。

　そもそも、いまのサハラの状態は非常に心にひっかかる。言語化できないが、なにか重要なことを見落としている気がするのだ。

「『絡繰り世』が関《かか》わっているから、いえ……魂を変容させる魔導だからか、それとも別の……」

　誰もいない廊下でぶつぶつと仮定を呟き、何度か往復してフルコースの食事を終える。食後の紅茶を飲むアーシュナは、満足げに目を細めていた。人間にかいがいしく尽くされることに慣れ切った高貴な猫そっくりだ。

「優秀な侍従が傍にいると、ここまで快適になるとは思わなかったぞ。満足した」

　執事服姿のメノウはアーシュナに紅茶のお代わりを注《そそ》いで、一言。

「楽しそうでなによりです」

「うむ、楽しいな」

言葉通り、心の底から楽しんでいる。彼女ほど人生を満喫している人物をメノウは他に知らなかった。それでいてうらやましいとは欠片《かけら》も思えないあたり、メノウとはあまりにも性格が隔たっている。

この列車にしてもメノウには居心地が悪かった。なにせ食堂車にいけばグランドピアノの生演奏が流れているような列車である。潜入任務でもないのに豪華列車の一等車両に乗るなど、高級すぎて肌に合わないのだ。

「そもそも殿下。私を使用人もどきにするくらいなら、普通の使用人を連れて歩いたほうがいいと思いますよ？」

「普通の使用人は、使用人としての仕事しかできないのがネックでな」

「そんな当たり前のことをネックと言われても……」

「しかたないだろう？　私は自分が危険なことに首を突っ込む性格なのは自覚している。私の趣味で戦闘に巻き込んだらかわいそうだ」

「……普通のお姫様らしく、自重される気はないんですね」

「自重などしたら、それはもう私でないさ。なにより自分を控えさせたところで私自身になんの得もない。それくらいなら、一人旅を楽しむさ」

独尊を地でいくアーシュナらしい、強気でわがままな論理だ。彼女は紅茶の香りを楽しみながら続ける。

「今回に関しては君に貸しを作れるのは当然として、モモを追跡できるというのも理由の一つだな」

むしろアーシュナが付いてくることに難渋を示したのはメノウのほうだ。

なにせモモを追っている最中である。そこにアーシュナを引き連れるのは不安しかない。

それでもお金を借りる弱みがあっては断り切れるはずもなかった。金欠で捜索の初動が遅れてモモの足取りがつかめなくなるなどという情けない事態になるよりはと割り切って、一時的にアーシュナの従者になることを了承したのだ。

「さて、モモを追うための資金を賄うために私は君のパトロンになったわけだが、居場所について心当たりはあるのか？」

「ありますよ。あの子の行動を追うこと自体は難しくありません」

失礼、と断りを入れてからメノウは地図を取り出した。

「まず大陸中央部の砂漠を抜けてから、モモが最初に行く町は私たちと変わりません」

「ん？　それはなぜだ？　モモの目的もわからない以上、行き先を断定できるほどの情報があるとも思えないが」

「モモの動きなら、ほぼ読めます」

あてずっぽうに動けば、確かにアーシュナの言う通り時間を浪費するだけだ。大陸は広い。

少女二人の情報を集めるのには時間がかかる。

だがメノウは、モモの動き方をよく知っていた。

「モモは間違いなく列車で移動しています。いまはその経路を、同じく列車で追っているのですが……ありがたいことにこの列車は普通の車両より足が速いので、それだけで距離を詰めることができています」

「彼女たちが徒歩のまま、あるいは馬車で移動している可能性はないのか？　そうなると、私たちが追い越すこともありうるぞ」

「まず、ありえないでしょう。徒歩で若い女の二人組が旅をしていれば悪目立ちしますし、いまのモモは足手まといを連れています」

モモはアカリを連れている。メノウがモモを追いかけていることを踏まえれば、徒歩を選ぶことはない。処刑人になるべく訓練されているメノウやモモと比べ、アカリは明確に徒歩のペースが劣るのだ。

なにより年若い女の二人旅となれば、非常に目立つ。人目を避けながらの旅は、モモが一人ならばともかく、アカリを連れている状態では不可能だ。メノウが神官服を着て堂々とアカリを連れていた理由の大半が『自分が第一身分《ファウスト》である』ということをわかりやすく示して周囲から怪しまれないようにするためだった。

「なるほど。オアシスのビーチの時に見た、彼女か」

おそらくアカリが異世界人だということは察しているのだろう。深くは追及されなかったが、一瞬だけ目が細められる。

「しかし列車で移動しているというのがわかったところで、そこからの追跡は困難だぞ？　いくら導力列車が線路の上しか走れないといったところで下車できる途中駅は数多く、乗り換えれば行き先はいくらでも分岐する。そこはどうするつもりだ？」

「どうする気もありません。最初の潜伏先がわかるなら、痕跡を追う必要もないですから」

「ほう？」

興味がそそられたのか、声色《こわいろ》に愉悦が混ざる。

アーシュナの反応を横目に、モモの思考を追うメノウは地図を指でたどる。

「アカリを連れているモモは、移動をし続けません。ある程度の距離を稼いだ後は、人の出入りが多い町を選んで潜伏します。モモは私の足止めが成功しているという前提で行動しているはずなので無茶なルートも選ばないでしょう。そこから最初に数日は宿泊するだろう場所は絞れます」

メノウは大陸にあるおおよその町の特徴は頭に入れている。条件を出しながら、地図の一点を指さした。

「そうなると、まずはこの山間《やまあい》の町に向かうことになるかと」

ぱちぱち、と軽く拍手が鳴る。メノウの推測に対するアーシュナの称賛だ。

「やはりいいな、君は。どうだ？　このまま私の従者になってもらって一向に構わんぞ」

「大変光栄なお誘いですが、謹んで遠慮させていただきます」

控えめな使用人の態度のまましずしずと断わる。

つれない態度に、アーシュナは堪《こた》えた様子もなくいたずらっぽく笑う。

「ま、なにかあった時には、本当にその立場を申し出てくれ。私は受け入れるぞ。なにせ君を手に入れれば、モモもついてくる」

「しつこくしようとも、お断りです」

どうやら、そちらが本命のようだが返答は変わらない。一度、少額を借りたくらいで辞められるほど神官の地位は安くない。ましてやモモを巻き込むなど論外だ。

「殿下はモモにこだわっていますけど、理由を聞いてもいいですか？」

「こだわっているというほどでもないが……あの実力はもちろんのこと、モモは見ていて面白いうえ、からかいがいがあるからな」

「……必要以上に構うから嫌われるんですよ」

「『先輩』からの助言か？　嫌われるのも一興さ。無関心でなければ心に残るからな」

嫌味が効いた様子もない。ふてぶてしいという言葉はこの人のためにあるのかと感じさせる返答だ。メノウは執事服をつまんで、皮肉げに口元をゆがめる。

「この服装も、殿下からしてみれば『からかい』の一種ですか？」

「気遣いでもあるぞ。神官服を着たまま侍らせるのは、さすがに障りがある。第一身分《ファウスト》の君が第二身分《ノブレス》の私に仕えているなんて勘違いされたら面倒だ」

「それ自体は正論なんですが、服のチョイスが謎です」

「使用人の服など二択だ。執事服か、メイド服。そのどちらかしかない。どうせなら執事服を着させたら面白いじゃないか」

すがすがしいほどに自己中心的な理由だった。

メノウの姿を見るアーシュナは楽しげだ。メノウにしても服装が変わる程度で羞恥心《しゅうちしん》にさいなまれるような繊細な心はとっくの昔に捨てているが、おもちゃにされて面白いはずがない。

「変装だと思えば大したことはあるまい。変装というなら私の普段着を貸してもよかったのだが……」

「ぜひ、執事服のままでお願いします」

アーシュナの服はアーシュナにしか似合わない。あれは間違っても着たくはないと固辞する。

「まったく。殿下は人生を楽しんでいますね」

「どうかな。この旅行も、どうせ退屈しのぎだ」

おや、とメノウは眉《まゆ》を上げる。

いま声にはメノウが予想していた以上の、そしておそらくはアーシュナが思っていた以上の感情が込められていた。

だからこそ、聞く気がなかった問いが口をついて出た。

「殿下は、どうしてグリザリカ王国を出たのですか?」

「知っているはずだ。父上が死んだあとに起こる王位継承権のごたごたに巻き込まれたくなかった。それが一番の理由だ」

「では、二番以降の理由があるんですね」

アーシュナが顔を上げた。不思議そうにメノウを見つめる。

「意外に踏み込んでくるな。どうした?」

「意趣返しですね。こんな服を着せられた不満から、口が滑りやすくなっているようです」

「そうか」

皮肉を受けて、くつくつと笑いをもらす。

「率直《そっちょく》に言うとな、メノウ。私は姉上のことが嫌いなんだ」

その声は、部屋に静けさをもたらした。

わずかな振動音が静寂を埋める。

嫌いと言いながら、アーシュナの声に嫌悪の色はない。怒りでもない。畏《おそ》れでもない。悲しみがもっとも近い感情だ。明快な彼女らしくもなく、複雑な想《おも》いが混じり合った『嫌い』だった。

「アーシュナ殿下の姉君といいますと……」

グリザリカ王家で、アーシュナの他の女子は一人だけだ。

グリザリカ王家の長女。

とびぬけて名前が知られているアーシュナに引き換え、彼女の影は薄い。名前を知っている人間すら少ない。メノウも名前だけは知っているが、それだけだ。彼女には処刑人のメノウの観点から、注目するような実績はよくも悪くも存在しなかった。

「姉上は病弱でな。とても弱い人だった。風が吹けば、そのまま横に倒れてしまいそうな人だよ。一日の大半は床《とこ》に就いていて、誰かの手助けがなければ歩くこともできない。生まれつき、そういう人間なんだ」

だからどうしたのか。

語られる要素は、むしろ同情をひくものばかりだ。アーシュナと対照的といえばその通りだが、彼女が嫌悪を抱く要因は見当たらない。アーシュナは強さの信奉者ではあるが、弱者をしいたげることはしない。

ならば考えるべきは逆だろうかと問いかける。

「生まれつき丈夫な殿下が、姉君に嫉妬で嫌がらせでもされる、と？」

「むしろ溺愛されているよ。怖いくらいにな。……ああ、そうだな。この世の中で、私が怖いと思うのは、あの人だけだ。私は、あの人の愛が怖い」

身体の弱い姉が、立場を使ってアーシュナを迫害しようとしているのか。その推測に、アーシュナが肩をすくめる。

「私があれ以上あの国にいると、そんな姉上の掌で王に仕立て上げられることになりそうだった。いまだって帰ったら玉座が用意されていそうでな。帰りたくないんだ、正直なところ。だが、それでもいつかは帰らないわけにもいかない」

支配者層である第二身分《ノブレス》の王族に生まれた少女の声には、言いしれない皮肉がにじんでいた。

「この旅は暇つぶしであると同時に、最後のモラトリアムを楽しむための現実逃避でしかない。どうしようかというのは私にも答えが出ていないんだ」

「即決が旨の殿下らしくもないですね」

「そういうこともあるさ」

アーシュナは自由気ままに見えて、責任感のある人間だ。だからこそ、第二身分《ノブレス》であることを捨てはしないだろう。

「あえて君に愚痴らせてもらうが、異世界人召喚で父上が処された件。あれは私にとってみれば、本当にいい迷惑だったんだ。父上が矢面に立たされたおかげで王位継承が大幅に早まった」

グリザリカ王国の異世界人召喚は、アカリをこの世界に喚《よ》んだ事件だ。記憶を探ってみれば、あの時のアーシュナは確かに真っ先に王城から逃げ出していた。

「……殿下の姉君は何者なんですか?」

「さあ？　もしかしたら君なら知っているかもと思ったのだが、そうでもないらしいな」

言葉を切って、冗談っぽく微笑む。

「この旅で、その答えが見つかれば僥倖《ぎょうこう》だと思っているよ」

「そう、ですか」

最後に茶化《ちゃか》されたメノウは肩をすくめる。

二人が話している間にも、列車は走り続ける。

アーシュナの助力を得たメノウは、モモの想定よりはるかに早く二人に追いつこうとしていた。

二章

逃亡の足休めで

　大陸中央部にある大砂漠を越えてから、列車に乗って約半日。モモが決めた目的地に着いたアカリのテンションは、異様といえるほど高かった。

「もー！　モモちゃんたら、人が悪いんだからぁ」

　声のトーンを一オクターブ高くして歓声を上げたアカリは、モモへの悪感情すら引っこめてバシバシと背中を叩《たた》く。

「いやぁ、モモちゃんが性格悪いっていうのは知ってるよ？　知ってるけどさぁ。これはないよね、うん！　最初から言って欲しかったよ！」

「そうですか。自分の腹黒ぶりを棚上げしてよくもまあ人のことを言えますね」

「だって、だってだよぉ？」

　アカリは到着した街並みを背景に、大仰な仕草で両腕を広げて声を張る。

「目的地が温泉だっていうなら、早く言ってよね！」

　ででん、と効果音がつきそうな動きだ。モモはアカリが喜んでいることこそが煩《わずら》わしいと言わんばかりに凍えた視線を向けているが、日本人の遺伝子に刻まれている温泉熱はそんなことでは冷めたりしない。

「素敵なサプライズで、ちょっとだけモモちゃんへの好感度が上がっちゃったじゃん！」

「お前からの好感度が上がるって知っていたら、別の場所を選んでいました」

るんるんと鼻歌をしだしかねないアカリに平坦《へいたん》な声が返される。

モモが強引《ごういん》にルートを変更したため、この町に来るのは初めてだ。つまり温泉街として有名なこの町にアカリが来たのは、数あるループの中でも初なのである。

モモはアカリを喜ばせてしまったという悔恨《かいこん》にがっくりと肩を落とす。

「予想外にミスりました……なんでたかが地面から湧《わ》き出《で》るお湯ごときに喜べるんですかね」

「なに言ってるの！　喜ぶに決まってるでしょ‼　モモちゃんは日本人のことをよく知る処刑人さんとして育てられたんじゃないの⁉　そんなことも知らないなんて、めっ、だよ！」

アカリは口角泡を飛ばす勢いで温泉の魅力を主張する。

なにせ異世界に来てからずっと、基本的に旅暮らしだ。体を清めるとなれば、よくてお湯の出るシャワーで水浴びすら贅沢になることが多々あった。湯船となると港町リベールでメノウとともに入った時以来になる。

「モモちゃんは温泉の素晴らしさを知らないからローテンションでいられるんだよッ。ゆっくりと湯船に浸かれる幸せたるや……！　さらに温泉ともなれば疲労回復、美肌、不老不死に温泉卵！　温泉の効能は万能なうえにおいしいんだよ⁉」

「頭がゆだっているところ悪いですけど、温泉に入るためにこの町に来たわけじゃありませんから」

「え？」

浮かれ騒いでいたアカリの全身が、びたぁッと固まった。温泉にくらんでいた目を衝撃に見開く。

「ど、どういうこと？　温泉地に来たならゆっくり温泉に浸かるのが温泉に対する礼儀だと思うんだ。温泉地に来て温泉に入らないなんて温泉に失礼……ううん。温泉をつかさどる八百万の神々から罰を当てられちゃうって。温泉街で温泉に入る以外にやることなんて、温泉卵のぷるぷるを味わうくらいだよ？」

「どうもこうもありません。この町に来たのは、先輩の追跡をやり過ごすための潜伏と、根性なしのお前の強化訓練を兼ねてます。温泉とかクソどうでもいいです」

「訓練？」

頭の中に温泉の源泉が湧き上がりつつあるアカリの主張は考慮する価値もないと蹴《け》っ飛《と》ばされ、淡々と予定が提示される。なにも休養しに来たわけではないのだ。

「ループ時の話を聞いて、いろいろと言いたいことはありますが……お前、ほとんど戦ってないじゃないですか」

「え？　そりゃ、別に戦うのとか好きじゃないし……」

「はっ。どーりで純粋概念なんて持っているくせに、くっそ弱いと思いました」

小馬鹿《こばか》にされたアカリが、むっと黙り込む。

モモとアカリは二人旅を始める前に、一度戦っている。アカリから不意打ちをしたというのに、勝負は拮抗《きっこう》していた。あのまま続ければアカリの魔導に慣れつつあったモモに軍配が上がっただろう。

そもそもアカリは性格からして戦闘に向いていない。そのうえ、窮地の際にはメノウが守ってくれるという絶対的な信頼と、【時】の純粋概念を宿しているからこそ死なないというアドバンテージがあった。端的にいえば、彼女は戦う必要がなかったのだ。

自分は死なない。最悪やり直せるという前提条件から生まれた甘すぎる意識が能力の上昇を押さえつけていた。

「それでお前は常に先輩の足を引っ張り続けているわけですね。……控えめに言って、死んだほうがいいんじゃないですか？」

「……モモちゃんはなんでそんなにお口が悪いの？　指摘するにしてもオブラートに包んでよ」

「お前のことが嫌いだから苦い思いをさせたいんですけど？」

もはや悪口が悪口にならないほどあっさりした口調だった。モモはアカリのことが嫌い。アカリもモモのことが嫌い。純然たる事実がお互いの間に横たわっているだけだ。

だというのにアカリはモモの言葉にさも傷ついた、みたいな表情をする。

「そっか、モモちゃんってわたしのこと嫌いだから苦々対応だったんだ……」

「いまさらですね」

「じゃあ、わたしに甘くて優しかったメノウちゃんは、きっとわたしのことが大好きだったんだね」

「お客様対応って言葉を知ってます?」

調子に乗った自己解釈を始めたアカリの肩を、モモがひっつかんで引き戻す。

「仕事だと、どんなにアホみたいな相手でも丁寧に接しないといけないんですよ。先輩もお仕事接待で、ここ二カ月間つらかったと思います」

「……ふーん。つまり仕事でわたしに接してるのに口が悪い子なモモちゃんは、まだまだ未熟なお子ちゃまだって考えていいのかな?」

「……まあ、ええ。私はまだ神官補佐なので、先輩のようなプロフェッショナルな対応には届きません。どうしてもバカを見るとバカにしてしまうんですよ、ばぁーか」

相変わらず隙《すき》があればお互いが相手の急所を見つけて斬《き》り込んでいこうと舌戦《ぜっせん》を仕掛けている。得られるものもないのに争う手法ばかりが無意味に洗練されているあたり、二人の仲はどこまでも救いがなかった。

決着のつかない口論を続けても無意味だ。アカリはしぶしぶ、モモに問いかける。

「で、モモちゃんの言う強化訓練って、なにをするの？」

「簡単なことです。純粋概念を戦闘で使い慣れればいいんです。有効な使用方法も考えたほうがいいですね」

モモの提案を聞いて、おや、と意外そうな顔をする。

「メノウちゃんはできるだけ純粋概念を使うなって口をすっぱくさせてたけど？」

「それこそ、いまさらですね」

指摘をされたモモは、白けた目を向ける。

「純粋概念には人災《ヒューマン・エラー》化っていうリスクはありますけど、すでに使いまくってるじゃないですか」

「そりゃそうだけど……たくさん使ってるから、逆に使わないほうがいいんじゃないの？」

「それなんですけど、お前って明らかに他の異世界人に比べて、純粋概念の浸食が遅いんですよね」

「そうなの？」

「ええ。私の知っている実例に比べて、異常なくらいです。メンタルが図太いから削れにくいんじゃないですか？」

異世界人は純粋概念の力を使う際、記憶を消費する。

例えば、アカリと一緒に召喚されていた【無】の少年は、一度純粋概念を使用しただけでも性格が変容するレベルで魂に付与された純粋概念に影響された。それに比べ、世界規模な魔導を惜しみなく使っているにも関《かか》わらずいまだ人災《ヒューマン・エラー》化をしていないアカリは、異常なほど自分を保っている。

「純粋概念の魔導は、他の追随を許さない強力な魔導です。戦闘でもちゃんと使えるようにしてください。純粋概念の魔導を使いこなせるってだけで、大抵の人間は相手じゃないんですから」

「まあ、そうかもしれないけど……わたしの魔導だってタダじゃなくて、記憶を削ってるんだよ？」

「記憶に関しては、わかりやすい基準があります。異世界の……日本の記憶から消えていきますからね。だいたいの目安で考えれば、お前が日本のことを忘れる程度までの使用だったら安全ですし、先輩との思い出が減ることもありません」

「んー、そうなんだけど……モモちゃん、本当になにも企《たくら》んでない？」

「へー」

メノウから強く止められていたこともあって、要所以外で乱用することの忌避感は強い。渋るアカリを、モモは完全になめきった目でねめつける。

「私は先輩のためになる案を出してるのに、お前は最善を尽くせないんですね。異世界の記憶が先輩より大切ならそれでもいいんですよぉ？　お前の先輩への執着心を、ちょーっと多めに見積もってました」

「はぁ？」

カチン、ときた。アカリが怒りを瞳《ひとみ》に宿す。

「なに言ってるのかな、モモちゃん。わたしはモモちゃんが思っている数倍は、メノウちゃんのことが大切ですけど？」

「じゃあ証明してみせてくださいよ。いいですか、この能力の持ち腐れ女！　ここで鍛えさえすれば、いままで助けられてばっかりだったお前が、いざという時に先輩を助けることだってできるはずなんです！」

「やるよ！　やってやればいいんでしょ！」

メノウのためにというお題目をエサに、アカリはやる気のボルテージを急上昇させた。

＊＊＊

その山間《やまあい》にある町の空気には、硫黄《いおう》の臭いが濃く含まれていた。

湧き出る温泉を名物として、木造の旅館や飲食店が建ち並んでいる温泉街である。主要都市につながる列車の停まる駅があり、観光地の一つとしてそれなりに栄えていた。

この地域の治安維持を任された第二身分《ノブレス》の騎士たちの駐屯所と、第一身分《ファウスト》の存在を示す小さな教会が一つ。そのほかは第三身分《コモンズ》の住人で構成されている。

療養地と観光地を兼ねているからこそ、外からの人の出入りも激しい。よそ者が入り込んでも目立たないここを隠れ蓑にした犯罪者や禁忌が潜んでいることがあった。

『手配屋』と呼ばれる男も、そんな裏稼業の人間の一人だ。

後ろ暗い稼業をしている人間は、時にどこの組織にも所属できなくなることがある。仕事に失敗して放逐されたり、あるいは逃げ出した挙句に居場所を失ったりと、行き場をなくした人間を集め、相応の仕事を手配する。それが『手配屋』の仕事だった。

『手配屋』と呼ばれる男は、もともと『第四《フォース》』という思想集団に属していた。

この大陸の人間は、第一身分《ファウスト》、第二身分《ノブレス》、第三身分《コモンズ》の区分けに分けられて生活している。三つの身分制度は世界を管理するための決まり事にして根幹だ。

『第四』思想は、古くから当たり前にある身分制度に対する不満に火を点《つ》けた。

第三身分《コモンズ》の感情を刺激し、第二身分《ノブレス》の劣等感を煽り立て、過去に多くの人間を取り込んで第一身分《ファウスト》を標的にすることによって結束した。

かつては爆発《ばくはつ》的に増殖し第一身分《ファウスト》の聖地すら制圧寸前にできるほど膨れた『第四《フォース》』だが、創始者である『盟主』が第一身分《ファウスト》に捕らえられたことによって活動は下火になった。結果、『第四《フォース》』の活動者の中でも技能はあるが経歴が真っ黒となった者たちがあぶれたのだ。

そんな時期に男は『第四《フォース》』の人間をかくまう役目を担い、人を派遣する手数料で利益《りえき》を得ていた。隠れ蓑で温泉宿を経営しているうちに軌道に乗ってしまっているが、男の本業は手配屋である。

いまの時勢は『第四《フォース》』には厳しい。耐え忍ぶ時期だと表に出ることはしなかった彼に、暗雲を晴らすかのような朗報が流れてきた。

『第四《フォース》』の創始者である『盟主』が解放されたというのだ。

『盟主』は東の大国であるグリザリカ王国で捕らえられていた。大陸を騒がせた政治犯として死刑を待つ身だったはずの彼が、正規の手続きで釈放されるはずはない。誰《だれ》かの手引きによって脱獄したという知らせが駆け巡ったのだ。

とはいえ本当に解放されたかどうかという点に関して、男は懐疑的な立場にいた。あまりにも『第四《フォース》』に都合がよい情報だったからだ。

大陸に点在する国家の中でも、グリザリカ王国は魔窟だ。少し前に大司教であるオーウェルが禁忌に手を染め処刑されたという話もあった。ぬか喜びをしたくないという気持ちも大きく、慎重に情報を精査していた時だ。

『盟主』本人から宿を訪ねて来たいという打診があった。

その連絡を入れてきたのは、着物姿の少女だった。

闇《やみ》に溶け込むほどに深い青髪を三つ編みにした少女だ。おっとりとした口調で、彼女は『盟主』の無事と、近々、彼が来訪する旨を伝えた。

彼は涙を流して喜んだ。『第四《フォース》』の復権が始まる。もろ手を挙げて、『盟主』を迎える準備を進めていた時だった。

黒髪の少女を連れた白服の神官が、町にやってきたのだ。

長年裏稼業に浸かりきった男の警戒心が刺激された。

無関係の観光かもしれないという考えは、楽観が過ぎるだろう。偶然とも思えないタイミングである。聖地の巡礼ならばともかく、清貧を気取る第一身分《ファウスト》がのんきに観光ということも考え難《がた》い。

『盟主』を追って来たのか。

むざむざと放置する手はない。彼は手配屋としての伝手《つて》を使い戦闘要員を集めて指示を飛ばした。

こちらを探りにきた神官の少女を始末しろ、と。

指令を受けたメンバーは、速やかに計画を立てた。

実働部隊である彼らは、後ろ暗いことに手を染めてきた人種だ。もともと冒険者として活動しているうちに零落した人間もいれば、まっとうな研究者だったのが知識欲から禁忌を犯して転落した人間もいる。共通していることといえば、女子供が相手だろうと手を緩《ゆる》めるような良心はとっくの昔に捨てていているという点だ。

まして、神官の排除ともなれば一仕事である。

真正面から挑む必要はない。地の利はこちらにあるのだ。油断しているところを狙《ねら》う。

ここは温泉宿。入浴時がもっとも狙い目である。

事実、神官の連れである黒髪の少女も「温泉！　温泉！」と無邪気にはしゃいでいた。チェックインの時は連れの神官に対して険悪な姿勢だったというのに、よほどの温泉好きらしく、傍目《はため》からも明らかに浮かれていた。

神官のほうも年若い。小さい体躯《たいく》に、幼い顔立ち。せいぜい十四歳程度だ。子供の範疇にいる年齢でありながら、修道服ではなく神官服の着用を許されていることから才能はあるのだろうと判断できる。だが白服だということも踏まえれば、まだ半人前と見るのが妥当だ。

これならば仕事も容易《たやす》いとほくそ笑む。

従業員として働いているメンバーの一人が、客として宿泊を決めた二人の少女に昼のうちから露天風呂を勧める。本来ならば時間外なのだが、彼女たちだけを孤立させるためにわざわざ用意をした。

少女たちが勧められるがまま貸し切り状態になった温泉に入ったのを確認し、武装した男が脱衣所に侵入した。

神官は優れた魔導の使い手だが、魔導は導器を経由しなければ発動しない。

紋章魔導しかり。教典魔導しかり。魔導とは素材学と紋章学に支えられた技術だ。導力は魂から発生する偉人な【力】ではあるが、その指向性を定める道具がなければ十全に効果を発揮できない。強力な魔導であるほどに、複雑で規模の大きな媒体を必要とする。

例外的に導力強化だけは体一つで行使できるが、それは男も同じである。

人間は武器を持っているほうが強い。

いかに手練《てだれ》れの魔導士だといえ、全裸ならば戦闘能力は著しく低下する。

全裸で戦闘能力が上がる人間など存在するわけがないのでわざわざ理屈をこねくり回す必要もないのだが、女子風呂《ぶろ》に男が侵入しようとしているのだから理論武装は固めなくてはならない。武装のあるなしの優劣は明確だった。

また、十代半ばといえば多感なお年頃である。入浴中に不意打ちの戦闘を仕掛ければ羞恥心《しゅうちしん》で動きが鈍り、ロクな反撃もできずに打ち倒すことも可能だと算段を立てていた。

完璧《かんぺき》な理論武装の末に脱衣所に侵入した男は、ターゲットの顔を脳裏《のうり》に浮かべる。なぜ神官に連れられているのかは不明だが、黒髪の少女は明らかに素人《しろうと》だった。狙うべき状況は、黒髪の少女を人質にとっての脅迫である。

戦闘プランを考えながらも、まずは万が一にも武器を取り戻されないためにと、男が脱衣かごに放り込まれていた少女たちの衣服を回収しようと手を伸ばした時だった。

「なーんで先輩とじゃなくてお前なんかと一緒に温泉に入ってるんでしょーかね、私」

「やめてよ。それを聞かされるとせっかくの温泉なのにテンションが下が――」

がらり、と露天風呂に続く扉が開いた。

湯殿に入ってから、なにかしら忘れ物に気がついて取りに戻ってきたのだろう。湯気の立つお風呂場から姿を現した黒髪の少女と女性用の脱衣所に不法侵入してきた男の視線がかち合った。

「……」

「……」

しん、と痛いくらいの静寂が流れた。

黒髪の少女は、胸元《むなもと》から下にタオルを巻きつけていた。

すらりと伸びた少女の肢体。薄布一枚では到底隠しようもない豊かな胸の谷間に汗がわずかにたまってはタオルに吸い取られ、内またの曲線美を水滴がつうっと滑り流れ落ちる。

ぴちょん、と水滴が床に落ちる音が鳴った。

男は、はっと我に返る。

予想外の事態に思考が停止したのは一瞬だ。幾度も死線をくぐった戦士である。色香に囚《とら》われて動きを鈍らせるほど甘い訓練は受けていない。このタイミングで標的が脱衣所に戻ってくるとは思っていなかったが、チャンスでもあった。

ここで黒髪の少女を捕らえて人質にすれば、いま入浴中の神官少女の捕縛も容易《たやす》くなる。我を取り戻した男が、すぐさま制圧に移ろうとした時だった。

「し」

黒髪少女の瞳が羞恥に潤《うる》んで怒りに燃えた。

男に向けて指鉄砲の人差し指の照準が向けられる。威嚇《いかく》にしても不自然な動作になんだと戸惑っていると、突きつけられた指先に導力光が宿り、魔導が構築された。

声も出せぬほどの驚愕《きょうがく》が男を襲う。導器もないのに、なぜ魔導が発動できる。しかも男では魔導構成を読み取ることもできない未知の魔導だ。ありえないはずの魔導行使に思考が混乱し、とっさの対処が遅れた。

「下着ドロボー！」

勘違いの悲鳴と共に、尋常ではない威力の魔導が発動された。


襲撃仲間の一人が騎士に連行された。

どうやら露天風呂での襲撃に失敗したらしい。脱衣所への侵入が察知されると同時に返《かえ》り討《う》ちにされ、挙句に下着泥棒の現行犯として騎士に引き渡された。

手配屋に集められた彼らは『第四《フォース》』の仲間だ。いつか特権階級に属する神官たちと戦うべく高度な訓練を受けた自分たちの仲間が、よりにもよって低俗な性犯罪者として扱われたのは業腹《ごうはら》ではあるが、相手に狙いを悟らせないためには好都合であった。

ターゲットに命を狙われていると警戒されるよりは、単発の性犯罪被害を未然に防いだとい

う達成感に浸らせたほうが好都合だ。相手の油断を誘うためにと、返り討ちにされた仲間は涙を飲んで『我は下着泥棒の性犯罪者なり』という自白を残して騎士に引き渡された。

誇りある戦士を一介の下着泥棒の立場に叩き落とした少女たちはといえば、いまは呑気《のんき》な歩調で温泉街を練り歩いていた。

このまま温泉巡りとでもしゃれこむつもりか、彼女たちは二人で揃《そろ》いの浴衣を着ている。湯上りに宿で貸し出ししている浴衣を着て出歩くのは温泉街のたしなみだと、従業員にまぎれているメンバーの誘導で外出しているのだ。

「宿で用意されてたこの浴衣とかもそうだけど、ここってすっごい日本っぽいよ。宿の部屋も畳だったし、建物とか木造だし、街並みのひなびた感じとか、びっくりするくらい古きよき日本って感じ。ここまで日本っぽい場所は初めてかも。ある意味、現代日本より日本っぽいよ、ここ」

「ふーん。こういうのが日本っぽいんですね。この地域は文化的に『迷い人』の影響が大きかったのかもしれません。ここって周囲が山じゃないですか。列車の線路が通されるまで独自のコミュニティを脈々と受け継いでたとかで、意外とこの町、歴史が古くて由緒正しいらしいんですよね。それこそ古代文明期から街並みが残っているとかいう話です」

「日本人って温泉好きだからねぇ。好きな人は特に好きだから、きっと気合いの入った人がこだわったんじゃないかな」

「ある意味じゃ、この街並みそのものが古代文明期の遺産ですね」

少女二人は気の抜けた会話をしながら街並みを歩いている。

宿の露天風呂ではあっさりと一難を切り抜けた彼女たちだが、迫る脅威はまだ残っていた。

宿泊する浴場での襲撃は失敗した。油断している場所を襲ったとはいえ、単独というのが悪かったのだ。ならばと次に計画されたのが、人数に任せての襲撃だった。

大通りでの襲撃は人目に付き過ぎる。そこで用意したのが、現地で雇ったジゴロである。ここらでは女たらしで有名な青年には、ナンパを装い少女たちを人目のない路地裏に連れ込むまでの役目を担わせている。

さわやかで好印象を与える容貌を持つ青年が、少女たちに近づく。彼に誘導させる予定の路地裏には十人近い手練れの仲間がいる。神官を侮るわけではないが、十分に余裕をもって勝利できる戦力だった。

「ねえ、君たち――」

「死ね」

「死ね!?」

初手《しょて》から有無を言わせぬ返答に、雇われの青年は驚きを隠せなかった。

会話を続けさせる気が絶無だと否《いや》が応でもわからせられる返事をしたのは、神官の少女だ。

桜色の髪を二つ結びにした彼女は露骨に不機嫌な顔を向ける。

「いいから死んでください。雑魚《ざこ》には興味がありません。お前の存在が不愉快です。もう少し経験値が積めそうな奴《やつ》を寄越せと伝えるために消えてください」

最初の一声から予定外すぎる反応に、女の扱いに慣れているはずの青年は引きつりそうになった表情筋を必死に抑え込んだ。声をかけただけで死を願う暴言をぶつけられるなど、どこの世紀末の挨拶《あいさつ》だという話である。

そもそもこっちだって金をもらってなきゃお前みたいなガキに声をかけるものかという本音を、ぐっと飲み込む。

その反応を気の毒そうに見守っていたのは、黒髪の少女だ。

「モモちゃん。いくらなんでも死ねは言い過ぎだよ……」

「だ、だよね！　あははっ、まったく冗談きついーー」

「キモいからどっか消えて、くらいに抑えないと」

「ーーぐふぅっ」

黒髪の少女のフォローに乗っかろうとしたら、巧妙な罠《わな》だった。「キモい」という言葉は異性の扱いにそれなりの自信があった青年のメンタルをざっくり傷つけてプライドを逆なでにしたが、ジゴロで生きている男はその程度でくじけるほど軟《やわ》ではない。

ナンパは失敗が前提なのだ。無視をされて当然。トライ&エラーの精神が大事である。

とはいえ今回は金で依頼されたもの。さっさと引くには惜しい額を提示されている。

まだ失敗したわけではない。ジゴロ青年は意気を奮い立たせる。

続けて声をかけようとする気配に面倒そうな表情を浮かべた桜色の髪の少女が、ふと名案を思いついたと顔を明るくする。もしかしたら会話が成り立つかもと待ちの姿勢でいると、すすっと黒髪の少女の背を押して、前へと出した。

「ナンパ目的ならどうぞ、このよく肥えた女を差し上げます。行き先にも使い道にも私は関知しないので、どこへなりとも連れて行って思う存分好きにしてください」

「モモちゃん⁉」

売りに出された黒髪の少女が驚愕の悲鳴を上げる。

真っ先に、かつ積極的に友達を売ってくるなど、百戦錬磨のジゴロをして初の体験だ。返答に詰まってしまう。

だが売られたほうも面の皮が厚かった。連れの少女に裏切られたと知るや、すぐに口元を引き締め、鋭い視線を桜色の髪の少女へと叩きつける。

「いくら自分がぺったんこチビで魅力がないからってそれはないよっ。この人ロリコンかもしれないじゃん！　ううんっ、ロリコンじゃなきゃ、最初にモモちゃんに声をかけたりしないよっ。お兄さん！　ロリコンの誇りにかけて、こっちの子を連れて行ってください！」

いわれなきロリコン呼ばわりに、年上好きのジゴロが、すんっと真顔になる。

「俺《おれ》はロリコンじゃないです」

「恥ずかしがらなくてもいいですから！」

こんな仕事を受けるんじゃなかった。

弁明する間もなくロリコン認定された青年は心の中で大いに毒づきながらも、互いが互いを生贄《いけにえ》に捧《ささ》げようと醜く争っている少女たちをどうにか引き留め、路地裏に誘導する。その努力たるや、筆舌に尽くしがたいものがあった。

所定の場所に連れて行くなり、袋小路の逃げ道をふさぐ形で十人近い男が現れた。

「よぉうし、予定通りに来たな――」

「死ねって言いましたよね」

男の台詞《せりふ》は、顔面に叩き込まれた拳《こぶし》に遮《さえぎ》られた。

人目がなくなったのをいいことに、モモが即座に実力行使に移ったのだ。被害に遭ったのは、誘導役に雇われたジゴロの青年だ。まずは鼻っ面に一撃。よろめいたところに袖《そで》を摑《つか》まれて地面に引き倒される。地面に転がった衝撃で苦悶《くもん》の息を吐いた顔面を、モモはなんの躊躇《ちゅうちょ》もなく何度も踏みつけた。

数度うめき声を上げていたが、やがてはそれもなくなる。完全に気を失った青年を冷ややかに見下ろして、一言。

「……靴が汚れました」

以上が人間の顔面を台無しにした少女の感想である。

商売道具の顔面がこれでは、きっとこれからのジゴロ稼業に支障がでるだろう。彼のこれからが偲《しの》ばれる程度には、青年の顔面はひどいことになっていた。

非常に手慣れた様子で気絶した男を蹴っ飛ばして道の端に追いやった彼女は、ぐるりと周囲を見渡す。

「さて、ただのナンパかと思ったら……悪くない状況ですね」

呟《つぶや》くと同時に、導力の燐光《りんこう》がモモの体を包み込んだ。

ぞおっ、と男たちの背筋に恐怖が駆け上る。

導力強化。肉体の性能を引き上げる導力操作技術だ。

第一身分《ファウスト》の神官は強い。すべての神官が、高度な導器である教典を扱える水準での導力操作技術を得ているのだ。また未開拓領域での戦闘訓練もあるらしく、正式な神官に選出されるまでの道のりは厳しいものになっていると噂《うわさ》されている。

裏稼業に手を染めれば、自然と敵である第一身分《ファウスト》の事情に詳しくなる。そのくらいは男たちも知っていた。

だが目の前の少女は身体能力を強化する導力の出力が、目に見えて並ではない。神官の範疇《はんちゅう》からも抜きんでた戦闘能力の片鱗を見せている。

これはまずい。とっさの判断で待ち構えていた男たちは逃げ出そうとした。人数に任せた襲撃では、勝利が望めそうもないと賢明な判断を下したのだ。

だが、モモに回り込まれてしまった。

相手を逃がさないようにと袋小路を選んだのが悪かった。一足で追い抜くと同時に、地面に拳を叩きつける。

ドゴォンという鈍い破砕音が路地裏に轟《とどろ》いた。

ビリビリとした振動が、その場にいる全員に少女の拳の強さを如実に伝える。拳がぶつかった箇所を中心に蜘蛛《くも》の巣状のヒビが広がっていた。

導力強化とは、こんなでたらめな怪力を発揮できるようなものではないはずだ。小柄な少女が成した結果に、男たちは絶句して足を止める。

「逃げようとした奴は、私が手を下してそこのボロ雑巾《ぞうきん》と同じ立場にしてあげます」

まだ十代半ばの少女のくせに、この容赦のなさはなんなのか。教会のお題目として唱えられる『慈悲』というものが、どうしてこの少女の瞳に見当たらないのか。ついでにいまのは無関係の家屋を破壊したれっきとした犯罪行為じゃないのか。言いたいことは山ほどあったが、誰もそれを文句として口に出す勇気はなかった。

「に、逃げるなら、とはどういう意味だ。俺たちはどうすればいい」

メンバーの一人が慎重に問いかける。

十人がかりだろうと、モモ一人に敵《かな》わないことは明白だ。袋小路の脱出路を塞《ふさ》がれている関係上、逃げるのすら難しい。

だがモモは男たちをいたぶろうとしていない。この場所でなにか、させたいことがあるのだ。それをこなせば助かるのか。一縷《いちる》の希望に縋《すが》った男に、モモは応《こた》える。

「そこのノータリンを襲って勝利できれば、見逃します」

前もって事情を聞かされていた、なんていう親切はもちろんされていないアカリがなに言ってるのこの子、頭は大丈夫かなという視線をモモに向ける。

「実戦をするって言いましたよね。いや、最初は本当にただのクソナンパかと思って追い払おうと思ったんですが、よかったです。ちゃんと裏がありました」

「……もしかして、わざわざ外に出たのってこれのため？」

「そりゃそうですよ。無警戒を装えば、引っかかるバカもいますから」

男たちの間に動揺が走る。襲撃計画が見抜かれていたらしいと狼狽《ろうばい》した。

しかし彼らにはモモの真意が理解できなかった。襲撃をしに来たら、目標の一人から片割れへの襲撃を促されたのだ。まるで意味がわからない。

「さ、実戦です」

「ええ……」

「嫌そうな顔をすんなです。さっさとやってください」

どういうことなのか。男たちのもの問いたげな視線がアカリに突き刺さる。モモの語る理屈は、普通の人間には理解しがたいものだった。

「特にお前の魔導は効果がおかしいんですから、細かい操作ができなくてもどうとでもなります。実戦でいろいろ試してみてください」

「うーん……まだちょっと、調整がよくわかんないんだよね」

「いいですよ、導力の垂れ流しでも訓練を続ければ。割となんとかなります」

「ま、待て！」

技巧よりも火力と勢いを重視する理論だった。男たちは慌てて制止する。

「十分な訓練をしていない導力の乱用は危険だぞ！　ましてや導力の垂れ流しだなんて、ありえない！　素人の生兵法《なまびょうほう》で使っていいもんじゃないぞ！」

正論だった。

とてつもなくまっとうな意見だ。導力強化技術の教本にも載っている、基本的な注意事項である。導力とは、魂から生成される【力】。それを扱う魔導は繊細な技術なのだ。

だが例外というものはどこにでも転がっているのだ。

「そうなの？」

「犯罪者の意見は聞かなくていいです」

アカリの身の安全が割とどうでもいいモモは、無責任なゴーサインを出した。

男たちは意を決した。当初の予定とはかけ離れ過ぎているが、他に手段はない。悪辣《あくらつ》な神官に騙《だま》されている黒髪の少女を保護し、ここから逃走するのだ。

やはり第一身分《ファウスト》などロクなものではない。義憤に駆られた男の一人が、アカリを助けるために手を伸ばす。

腕を掴まれたアカリが、反射的に手を引いた。

「きゃっ」

短い悲鳴を上げたアカリが成した結果は、かわいらしいものではなかった。

アカリの全身が一瞬だけ導力光の燐光に包まれると同時に、なにか、見たこともない魔導の気配がした、と違和感を抱いた瞬間だ。

腕を掴んだ男が、空を飛んでいた。

その場にいた全員の視線が、放物線を描く彼の軌跡を追う。

アカリが小さくかわいらしい悲鳴とともに、人間の動体視力ではとらえきれない速度で腕を振った結果だった。重力を無視する速度に振り回された男は、ぶわりと浮き上がってすっ飛んでいく。

ずべしゃぁッ、とけたたましい落下音がその場の全員の耳に入った。

ものすごく痛そうな音だ。幸いなことに吹き飛んだ男が墜落の痛みで苦しむことはなかった。受け身も取れずに地面に落下したわけで、その時に頭を打って死亡してもおかしくなかったのだが、これまた幸運なことに彼は非常に打ち所よく墜落して意識を飛ばし、地面を転がった。

「あー……」

黒髪の少女が、バツの悪そうな顔をした。

「ご、ごめんなさい……。【加速】の加減を間違った……かも？」

アカリはきちんと謝れる子だった。だからなに、という状況ではあるのだが、謝罪はないよりはあったほうがいいのは確かだ。

「ね、ねえ、モモちゃん。やっぱり加減がよくわかんないや。いいの、これ？　なんていうか……犯罪っぽくない？　すごく悪いことをしてる気分なんだけど」

「いいんですよ、加減なんて。常に最大出力だけで、最大の威力を目指してください」

「そういうものかなぁ……？」

「そういうものです。自衛と正当防衛は一体化してるんですから、犯罪者にはなにをしてもいいんです」

彼女には過剰防衛という概念がないらしい。堂々と言い切るあたり、本気で男たちのことがどうでもいいのだろう。

「でもやっぱり、出力だけは並じゃないですね。導力量から考えて当たり前とはいえ……ま、ちょうどよく、ここに実験体がいますから。いくらでも試せばいいんです」

実験体、と親指で指さされた彼らは、びくぅっと体を震わせた。

自分たちが待ち伏せして襲撃する側のはずが、気がつけば人体実験の被検体呼ばわりである。

人体実験を勧めるなど聖職者の風上にも置けない。しかしこの場でモモのことをまともな聖

職者だと思っている人間は既に皆無だ。普通の神官と比べても実力が抜きん出ているのは明らかなのに補佐の立場に収まっているのは、おそらく精神性の部分で評価が著しく下がっているのだと決めつけていた。

悲しいことに、その予想は間違っていない。

「お、おいっ、神官！　お前は自分がやっていることに罪悪感とかないのか⁉」

「罪悪、感……？」

神官へ倫理の有無を問えば、返ってきたのは身に覚えのない概念だと言わんばかりの態度だ。

「え？　ちょっとよくわかりません。クズを駆除するのに、どうして罪悪感が湧くんですか？　罪悪感っていうのは、悪いことに対する罪の意識ですよ？　善き行いに罪悪感が湧くわけがないじゃないですか」

あまりにも乖離《かいり》した感覚を前に、男たちは言葉を失った。

男たちも冷静さを保つ訓練を受けている。人倫にもとる行為、冷酷にならざるを得ない事態に対処するには、どうしたって人間的な情が邪魔になることはある。だからこそ、意識的に非人間的になる精神訓練は積んでいた。

だが目の前の少女は違う。人を傷つける行為にためらいがない。稀《まれ》に、暴力に酔いしれて快感を覚える人種もいるが、彼女はそれにすら該当しない。好き嫌いではなく、必要だから必要なだけ暴力を行使する。自他の感情を挟み込むことなく、命令入力された魔導兵のごとき無慈悲さで動いている。

これが教会の偏《かたよ》った思想教育の結果なのか。あまりの異常さに慄《おのの》いた。

普通、人は人を傷つけるのに抵抗がある。誰しも心無い暴力マシーンにはなれない。生まれ持ったものが違う。育てられた環境が隔絶している。

「じゃあ、やりますか」

「ううん……まあ、メノウちゃんのためだし、しかたないよね」

圧倒的な暴力の嵐《あらし》に見舞われた彼らは、第一身分《ファウスト》の理不尽さをまざまざと思い知らされた。


十人近い仲間が騎士に引き渡された。

罪状はナンパの際に婦女を暴行しようとし、年端もいかない少女たち二人に返り討ちにあった間抜けな集団というものだ。

ただのナンパならばさすがに捕まらないのだが、神官に襲い掛かったという事実が重く見られた。こんなくだらないことで第一身分《ファウスト》ににらまれてはたまらないと、町に駐屯する騎士たちが珍しいほどの勤勉さで職務をこなしたため、きっちり制裁を受けることになった。誘拐の罪状よりはましなので甘んじてナンパ野郎の烙印《らくいん》を受けたが、歴戦の戦士がチャラくて頭の軽い奴扱いである。

手配屋がかき集めた戦士の中で残ったのは、宿で従業員として働いていた男だけだった。

留置所で騎士から取り調べを受けながら『いい年してさぁ、若い女の子にナンパとか恥ずかしくないのか?』と説教される仲間の無念さを思って、男は歯を食いしばった。

自分たちは、『第四《フォース》』の尖兵。自由を勝ち取るための戦士なのである。それが性欲にうつつを抜かしたアホで終わるのは、本懐から遠すぎる。性犯罪者扱いで終わるくらいならば、いっそ栄誉ある戦士として玉砕したほうがよかった。

「なんか最近、モモちゃんの暴力性が移った気がする」

「お前は根っからの暴力性を宿した危険な女です。いきなり不意打ちして来たのはどこのどいつですか」

「あれはむしろ、痛くないようにっていう親切心だから。優しさだよ」

「お前の親切心はおかしいです。大丈夫ですか? 記憶と一緒に常識を捨てました?」

「モモちゃんにそんなことを言われるなんて……」

宿の仕事をしながら、男の内心では気楽な少女たちへの殺意が積み重なっていた。

自分の仲間たちに汚名を塗りたくりながら、彼女たちの軽さはなんなのか。名誉挽回に燃える最後の一人は、夜襲をかけることに決めた。

細かい作戦はいらない。彼は正式な従業員として宿で働いている。長年の勤務で他の職員の信用も得ているため、宿の内部なら怪しまれることなく動き回ることができた。

相手が眠りに落ちている間に部屋に侵入し、気がつかれることなく暗殺してみせる。

ごく単純な計画だ。シンプルだからこそ、間違いがない。

夜の寝静まった時間。管理室から宿部屋の合鍵《あいかぎ》をかすめとった男は、少女たちの部屋に音もなく侵入する。

青白い月光《げっこう》のみが照らす部屋の中、仲間たちを追い詰めた少女たちは健やかな寝息を立てていた。

神官少女は非常に行儀よく寝ている。毛布を肩まで被り、すやすやと一定の寝息を立てている。その寝姿に乱れたところは見られない。

対して黒髪の少女は寝相が悪いのか、掛け布団を蹴り飛ばしてシーツをくしゃくしゃにして引きはがし、枕《まくら》を抱きしめよだれを口端に垂れ流しながら「うへへ、メノウちゃんがー」と寝言を発していた。

控えめにいって、だらしない。寝がえりの拍子に帯を緩めたのか、はだけた肢体は窓から差し込む月夜に照らされている。白い素肌が薄く輝く艶姿《あですがた》。通常時なら、生唾《なまつば》を飲み込むほど煽情的だ。

だが、いまの男にとってみれば、どうしてこんな能天気な奴らに仲間がやられなければならなかったのかという苛立《いらだ》ちをプラスする腹立たしい要素でしかなかった。

男は黒髪の少女の首元に向かって手を伸ばす。導力強化を使用し、強化した握力で首を一折りすれば事はすむ。

ここで終わりだ。死ね。

渾身《こんしん》の殺意を込めて、眠る少女の首に手を触れた。


翌朝。

怪我《けが》一つなく目を覚ましたアカリは不満を爆発させていた。

「もー、なんなのかなぁ、この宿！」

普段は寝起きが著しく悪いアカリが眠気も忘れるほどご立腹なのは、朝起きた彼女の傍《そば》に彫刻のように固まった男がいたのが原因だ。

「下着ドロに、痴漢まがいのナンパに、挙句の果てに夜這《ば》いって……いくらなんでも性犯罪者が多くない？　おかしいでしょ」

寝起きの悪いアカリをして一発で目を覚まさせる事件である。朝っぱらから犯罪者を引き渡すことになったアカリは、ぷんぷんと頰《ほお》を膨らませていた。

「観光地のくせに治安が悪いとか、どうかしてると思う！」

「そうですねー」

実は大体の事情を察しているモモは、あくび混じりに適当に答える。

同一人物による三組目の性犯罪者の引き渡しに、騎士たちも含めた周囲の無辜《むこ》の人々は『美少女の二人連れだから狙われるんだね、大変だ』という感想と同情を抱いていた。

「お前が犯罪者を引き寄せるフェロモンでも発してるんじゃないですか？　一日三件の襲撃は、さすがの私も覚えがありませんよ」

「本気でわたしのせいだとは思ってないよね？」

「お前がトラブルメイカーだとは思ってますよ？」

モモは襲い掛かってきたのが『第四《フォース》』に属する人間なのを知っていた。この宿の経営者が『手配屋』と呼ばれている裏稼業の人間だという情報も得ていた。

昨日の夜にしても、モモは男が部屋の前に来た時点で目を覚ましている。どうせなら一回くらい死なないかなと薄目で見過ごしていたのだが、手が肌に触れるか触れないかのタイミングで【停止】の魔導が自動発動したのには肝《きも》を冷やした。

「にしても、条件起動式の魔導で罠なんて張れたんですね」

「うん。一応はね。やりたいな、って思ったことは大体できるから。じょーけんきどうしき、っていうのもできるよ？」

種明かしをすれば、アカリは魔導で罠を仕掛けていたのだ。寝ている自分に触れる人間がいれば【停止】がかかるようにしていた。

ちなみに一番の狙いはモモである。寝ている間に向こうがなにか仕掛けてきたら懲らしめてやれと、モモにも黙ってひそかに純粋概念で魔導の罠を施していた。

「そーなんですね」

気のないふりで頷《うなず》きながらも、モモは警戒心レベルを引き上げる。アカリの能天気さから、もっと単純に目の前の相手に魔導を放つことしかできないと考えていたのだが、見積もりが外された。条件起動式は本来ならば事前に入念な準備が必要な高度な魔導技術だ。それすらも無意識で可能となると、危険度が上昇する。

「お前の寝相の悪さで、うっかりこっちに転がりこんだらどーする気だったんですか?」

「……そ、その時はその時だよ。もしそうなっても、ちゃんと普通に解除したから」

アカリも自分の寝相の悪さは自覚している。どちらかというと未必の故意による事故を狙っていたなんてことは、口が裂けても言えなかった。

「そ、それで、今日はどーするの」

「そうですね。とりあえず……」

「とりあえず?」

モモは肩をすくめた。

「朝の温泉にでも入りますか」

少女たちの連泊は、順調に消化されていった。

三章 逃亡の途中には

マノン・リベールは療養地として名高い山間《やまあい》の温泉街を訪れていた。

白を基調とした上品な和装に、石畳の上ではからんころんと鳴る女性下駄《げた》の音。木造建築物の建ち並ぶ温泉街に、浴衣とは異なる着物姿はよく馴染《なじ》んでいた。

手をつないで一緒に歩いているのは、幼気《いたいけ》な少女だ。白いワンピース姿の幼女は、きょろりと街の風景を見渡した。

「まあ、まあ、不思議。なんだかとっても懐かしい気がするわ」

「そうですね。確かにのどかで落ち着けそうな雰囲気です」

仲睦まじく会話を交わす彼女たちは、歳《とし》の離れた姉妹《しまい》に見える。彼女たちの正体さえ知らなければ、微笑ましい光景である。

「それで、ここではなにをするの」

「ここへは、羽休めに来たんですよ」

「まあ?」

幼女が不思議そうに首を傾げたが、今回は悪だくみの予定もない純粋な休みだ。

なにせ導師《マスター》『陽炎《フレア》』と一戦を交え、命からがら逃げだした後である。万魔殿《パンデモニウム》と一緒になって大惨事を引き起こした甲斐《かい》もあって、狙《ねら》い通りに『陽炎《フレア》』を誘い出して聞きたいことは聞き出せた。

「前の町で、準備と確認はほとんど終わりましたからね。しばらくお休みです」

原罪概念の内の一つ、暴食の暴走でのパンデミック。

あれだけ派手なことをしたのは、小指である彼女の能力の最大値を試す必要もあったからだ。『万魔殿《パンデモニウム》』の本体は、無尽蔵に近いほどの力を扱えた。五体揃《そろ》った彼女は、この世のすべての命に原罪概念を感染させるほどの【力】を秘めていた。

だが本体の小指でしかない彼女が扱える力は、天井《てんじょう》知らずとはいかなかった。

マノンが連れ歩いている彼女には、広げられる原罪概念の人数に限界があった。その総数が中規模の町一つ分の人口である。生贄《いけにえ》の数が発動できる魔導の規模に直結するため、マノンの連れている万魔殿《パンデモニウム》の小指が振るえる魔導は、そこが限度だ。

町一つを原罪概念に感染させ、生贄として捧《ささ》げる。

もしくは、短時間ではあるが本体の作り上げた強力な魔物を一匹召喚する。

混沌を求めるならば前者で、殺戮《さつりく》を求めるならば後者が有効だ。

「おやすみ、おやすみ……おやすみ？　それは、どうなのかしら」

「たまには、よしとしましょう。ゆっくり、のんびりする時間も大切です」

万魔殿《パンデモニウム》の小指としての手札は明確になったが、おかげで彼女が力を発揮するために必要な生贄のストックを消費し尽《つく》してしまった。この町では生贄を集めがてら、のんびりしようと決めていた。

平和な時間を過ごすと聞いてちょっぴり不満そうな万魔殿《パンデモニウム》とはぐれないように手をつなぎながら目的の宿に近づくと、なにやら縛られた男が騎士に連行されていた。

なにがあったのか。視線で彼らを追ったマノンは、事情を把握しようと周囲の声に耳を傾ける。

「なんでもこの宿で、年頃《としごろ》の少女の下着を盗もうとした男が――」

「温泉街じゃ、集団になってお客さんに乱暴をしようと――」

「それどころか、従業員が夜に若い女の子のいる部屋に忍び込んで――」

「ここの経営者は従業員の教育が――」

ひそひそとした噂《うわさ》話の内容は、非常に聞こえの悪いものばかりだった。

「……」

マノンは無言のまま、そっと万魔殿《パンデモニウム》の耳をふさいだ。

突然の行動に万魔殿《パンデモニウム》がもの問いたげな目を向けるが、マノンは無言で首を振る。子供は聞いちゃいけません、という意思表示だ。千年近く存在している彼女を子供と称していいのかはわからないが、マノンは彼女を見た目通りの子供として扱うことを決めていた。

万魔殿《パンデモニウム》の両耳をふさいだマノンはゆっくりと振り返る。そこには、この宿を是非にと勧めていた男がいた。

五十代も半ばの男性だ。山高帽子に、J型のステッキ。高級なタキシードを着た場違いな紳士というのが彼の印象だ。

マノンは彼のことが割と嫌いだったが、能力については信用していた。自分より大人だし、実績もあるし、大陸全土をまたいだ活動を続けた彼の人脈は尋常ではない。

「あのですね、『盟主』さん」

マノンに微笑みを向けられた男こと『盟主』は、びくぅっと肩を震わせた。

「わたくしは、ここがゆっくりと休める保養地だと聞いていたのです」

「う、うむ、そうですな」

「ここの宿は、あなたの古い友人が経営されているとかでしたね。安価で安全、安心だと」

「は、ははは……」

盟主は乾いた笑い声を上げる。そんな彼に、にっこりと笑顔を向ける。

親族すべてを生贄に捧げていようと、世界を滅ぼすことができる【魔】を引き連れていようと、母親の故郷でもある異世界に行きたいなんていう突飛な目的を掲げていようと、マノンは思春期の少女である。いま聞こえる宿の風評は、性に対して少女らしい年相応の感性を持つ彼女が宿泊したいと思うものではなかった。

「それで、なにか言うことはありますか？」

「……申し訳ない！　し、しかしですな、マノン殿！　他の宿にも伝手はありますので、ご安心下され！」

「びっくりするくらい、安心できません」

慌てる『盟主』に丁寧な口調なまま辛らつなマノン。

二人のやりとりを、耳をふさがれた万魔殿《パンデモニウム》だけが見た目相応の幼さで不思議そうに見比べて、ぽつりと呟《つぶや》く。

「まあ、まあ……会った時から、まったく変わらないわね？」

＊＊＊

マノンたちと『盟主』の出会いは、およそ一カ月前までにさかのぼる。

出会いの場所は、グリザリカ王国の辺境に建っていた一本の塔だった。

列車の線路はおろか、近隣の町村に通じる道すらないほどの辺境だ。人が寄り付かないほど不便なそこに、いつから、なんのために巨大な塔を建てたのか。多くの人が存在すら知らない塔の頂上に、月明りもない曇天《どんてん》の夜、真っ黒な魔物が気配もなく取り付いた。

魔物とは原罪概念に取り込まれ、生存欲求すら凌駕《りょうが》する衝動にくるわされた生物である。

だというのに不自然なほどおとなしい魔物の背から、二人の少女が顔をのぞかせる。

「まずまずの空の旅だったわ。ねえ、マノン」

「ええ、素敵な体験でした」

魔物の背から下りて塔に入りこんだのはマノンと万魔殿《パンデモニウム》だ。リベールで万魔殿《パンデモニウム》の眷属《けんぞく》となったマノンの提案で、『盟主』が幽閉されているという塔までやって来たのである。

「さて、それでは『盟主』さんがいる部屋を探しましょうか」

難なく内部に侵入した二人は、人気のない塔を下《くだ》っていく。最上階からいくつもある部屋を確認して階段を下り、地上に突き出している建物部分には誰《だれ》もいないことを確かめる。

ならばと一階を探索してみれば、地下への階段を見つけた。

「やりました！」

「ね！」

万魔殿《パンデモニウム》の小さな両手とハイタッチ。そうして階段を下りてみれば、ビンゴだった。

地下に作られた牢獄は、場違いなほど居心地がよい環境が整っていた。

第二身分《ノブレス》の王族ですら、ここまで厚遇はされていまい。そんな部屋を、着物姿の少女は興味深そうに見渡す。

まるで賓客を迎える貴賓室だ。中にいる人物が部屋に相応《ふさわ》しい格好をしているのが、おかしさに拍車をかけていた。

紳士服を着た彼はマノンの来訪に驚くでもなく、鉄柵の向こうで片手を挙げた。

「やあ、『万魔殿《パンデモニウム》』の眷属となった少女よ。こんばんは」

仮にも牢獄にこもっていて、どうしてマノンのことを知っているのか。一声目から先手を取った男が、軽く笑って頭を下げた。

「私が『盟主』だ。以後、お見知りおきを――するほどの付き合いにはならないか」

「はじめまして『盟主』さん。ええっと……ここから出る気は、ないのですか?」

「あるように見えるかね?」

見えない。

地下牢とはいっても、鉄柵の扉には錠前が取り付けられていなかった。押せば開く、そんな作りだ。さんざん上の塔を歩き回ったからわかっているが、この塔には見張りもいない。彼は出ようと思えば、いつでも出ることができる。

初めてここに来たマノンでもわかる。

彼は牢獄に閉じ込められているのではない。自ら望んで、ここに入っているのだ。

「あなたを助けようとテロまで起こしたお仲間までいたようですのに、いいのですか?」

「彼らかい? まったく不憫《ふびん》なことだ。なにも知らないものが、時々ああした行動に出てしまう。無知の哀れさ故《ゆえ》だ」

やれやれ、と首を振る。

「なにより彼らを利用したオーウェル卿の所業が嘆かわしい。彼女もとうとう、あんなことをするようになってしまった挙句に——ほら」

人里から隔絶された塔にいるくせに、どうやって手に入れているのか。机に置かれていた新聞を掲げる。

それはオーウェルの葬儀が執《と》り行われた日付の記事だった。

「見てくれたまえ。あれほど偉大であった聖職者が死んだ。かつて荒れくるう竜害すら平定してみせた彼女が『陽炎《フレア》』の弟子ごときに殺されてしまうとは……老いとは恐ろしいものだ」

「大司教オーウェルですか？　聖職者として偉大であったかどうかは、疑問です。禁忌を犯して処刑されたんですよ」

「ああ……世代が、違うのだね」

マノンの無理解に、盟主は憐憫の視線を向けた。

オーウェルという偉大な大司教でさえ、ほんの数十年で、これほどまでに忘れられてしまう。異世界人のように純粋概念に記憶を削られるまでもなく、人は人のことを忘れるのだ。

「禁忌を犯そうが、オーウェル卿の偉大さには疑念を挟む余地はない。少なくとも、私は彼女をたたえ続けるよ。彼女は偉大な聖職者だったとね。他の誰よりも主の教えに誠実であったからこそ、オーウェル卿は禁忌に手を染めたのさ」

いまは亡き大司教のことを語る彼の口調は寂《さび》し気だ。

かつて彼は、『第四』思想を提唱した。いまの身分制度を崩し、世界を変革するべく活動した。だからこそ知ったことが数多くある。

「オーウェル卿は大司教にまでなったが、晩年、教典を手放した。それがなぜか、知っているかね」

「教典を、ですか。それはまた、どうして?」

「手放すことが必要だったからだ。教典とは『主』の目であり耳であり――そして、まあ、時々口になったりもする。だからこそ理想の『主』を追い求めて【白】の禁忌に没頭したオーウェル卿は、最も使い慣れた武器でもあった教典を手放さざるを得なかった。……まあ、オーウェル卿は人一倍信仰に誠実であったから、教典を手放したのには罪悪感も理由として存在したかもしれないがね」

「教典と『主』に関係があるのですか? というよりも……いまの口ぶりだと『主』が概念的なものではなく、実在的なものであるように聞こえます」

「そう言っている。聖地にいる【使徒《エルダー》】に囲われている、アレだよ。まぎれもない世界の守護者が、あそこには存在している。とても、忌々《いまいま》しいことにね。この気持ちばかりは『絡繰《からく》り世《よ》』に賛同せざるを得ないよ。ああ……忌々しい」

「なるほど」

意味深な言葉、マノンは相槌《あいづち》を打つ。

「なぜ、そのような話をわたくしに?」

「そういう話を求めて、わざわざこのような場所に来たのだろう?」

それもまた正解だ。マノンが『盟主』に会いに来たのは、彼の見識を求めてのことだ。

世界の仕組みについて聞けば『万魔殿《パンデモニウム》』はなんでも答えてくれる。だが『万魔殿《パンデモニウム》』が語る理《ことわり》は、いささか破滅的すぎる。なによりマノンは、一面的な情報を真に受けるつもりはなかった。

だからこそ別の人物をと考え『盟主』に接触したのだが、思った以上に興味をそそられる。

「そうですね」

ついっとあごに指を当て、一考。質問を投げ込む。

「魔導とはなにか、ということを聞きにきました」

「いい質問だ」

『盟主』が小気味よく頷《うなず》いた。

「その問いを発すること自体、君が世界の真実に近づいている証拠だ。よかろう。ここまでたどり着いたことに免じて……というよりも、君の傍《そば》にいる小さな怪物の功績に報いるためにも返答するのにやぶさかでは――」

「ただ、気が変わりました」

「――ない、うむ?」

台詞《せりふ》を途中でさえぎられた『盟主』は、不審げにマノンを見る。

彼女は両手を合わせて、自分勝手に微笑んだ。

「あなたの人脈、名声。そして、かつての活動で得た知識。『第四《フォース》』の遺物のすべてをくださいませんか？」

「ははは。最低限の知識だけで我慢したまえ」

考えるまでもないという即答は、ぴしゃりとした口調でされた。

「若人ならば、功績と成果は自分で得るべきだよ。己《おのれ》が持つものを無償で与えるに足る条件は、愛以外に存在しない。残念ながら私が恋をする相手として君は若すぎるし、私は君のパパでもなんでもない」

「おっしゃる通り、わたくしはただの小娘です」

己の分際をわきまえているマノンは、自分が差し出せるものを提示する。

「だから、あなたという存在を求めます。わたくしに足りないものをあなたが持っていますし、あなたがなくしたものを、わたくしはきっと、持ち合わせています」

「……ほう？　君が思っているよりも、世界はどうしようもないぞ？」

「いいえ、ありますよ」

穏やかに首を振ったマノンは、愛おしそうに万魔殿《パンデモニウム》の頭を撫《な》でた。

「どうにかすべきものは、あります。そうでなくては、どうしてわたくしのような小娘が、この子を連れることができますか？」

「……ふむ」

マノンのやりたいことの一端を、『盟主』はいまのやり取りで読み取った。それは少なからず、彼の共感を呼び覚ますものだ。

「そうか……いや、そうだね。なあ、マノン殿」

「はい、なんでしょう」

「実は私には、一つだけ心のこりがあってね。それを叶《かな》えてくれるというのなら、君について行こうではないか」

「わたくしにできることでしたら、いかようにでもしてみせます」

『盟主』の後悔。昔の恋情を引きずって独身でいたことだけは、少し、後悔していたのだ。だからこそ真面目《まじめ》腐った顔で、自分の娘ほど歳の離れた少女にささやかな要請をする。

「これからは私のことは、パパと呼んでくれるかな？」

「わかりました」

『盟主』の求めるものを聞いて、思春期の少女は、にこっ、と微笑みしとやかな所作で一礼。そして迷いなく背を向ける。

「あなたのような危険人物は、一生ここにいてください。それでは失礼します」

「な、なぜ⁉」

マノンの心変わりを前に、てきめんにうろたえた。そんな『盟主』の疑問に答える価値は感じなかった。彼を置いてけぼりにするため、マノンは歩き去ろうとする。

そんな彼女の袖《そで》を、万魔殿《パンデモニウム》の小さな手がくいっと摑《つか》む。

「まあ、マノン。あの人、なにかとっても慌てているけど、放っておくの？」

「いいんです。さ、行きましょう。あの人は、変な人です。わたくしからあなたに『盟主』に会おうと提案した手前、心苦しいですが……関《かか》わらないほうが吉に違いありません」

「ちょ、ちょっと待っ――お待ちくだされ！」

万魔殿《パンデモニウム》の背中を押してしずしずと退却するマノンの背中を見て、牢の中の『盟主』がとうとう立ち上がる。

その気配に、マノンは露骨に嫌そうな顔で振り返る。

「え、まさか自分で出る気ですか？　来ないでくださいませんか？」

「そうはいきませんぞ！　いかようにでも、という言質はとっておりますからな！」

「ええ……なんですかこの人……」

渋い顔をするマノンを追うために。

そんなくだらないやりとりを挟みながら、『盟主』は自ら牢を出た。

＊＊＊

マノン・リベールは理屈よりも感情を優先する人間だ。

衝動的な性格をしている、というわけではない。頭に血が上《のぼ》って誰かを怒鳴りつけたり、悲しい出来事に直面して泣き叫んだり、そういう激しい情動に襲われた記憶は少ない。抑圧された幼少期の日々を送ったマノンの感情の波はむしろ平坦《へいたん》な部類だ。

ただ、マノンは好き嫌いで物事の優先度を付けている。

利害による損得ではなく、自分が好きか嫌いか。

リベールで禁忌になるという願いを叶えて自由になってから、物事に関わる際の基準はそれを指針にしてきた。万魔殿《パンデモニウム》と一緒にいるのも、蘇《よみがえ》った時にされた彼女の提案を愉快に思ったからだ。

そのマノンがいま考えていることは一つ。

「――ということでしてな。多発していたという犯罪は、むしろモモという神官の少女の凶行が原因だったのです。彼らは、私たちを安全に出迎えようとしていたわけでして、決して性犯罪者などではありませんぞ。その少女はいまだに暴《あば》れているようで、このままでは――」

温泉に入りたいな、ということだった。

マノンの前には『盟主』がいる。さっきから必死になってしゃべり倒している内容は、選んだ宿は安全であって決して自分の選定には問題ありませんでしたよ、という弁明だった。

どうも、いろいろと誤解が重なって『第四《フォース》』の集団が性犯罪者と勘違いされて捕まったらしい。どういう誤解が重なれば戦士が性犯罪者になるというのか。ちょっと意味がわからなかったので、マノンは『盟主』の言い訳を真面目に聞かずに右から左へと流していた。

マノンの中には信念と呼べるほど強い観念はない。義務と責務に縛られるのを嫌ったからだ。『盟主』を解放したのは彼と出会った時の成り行きで、いまこうして彼に付きまとわれているのはいささか不本意だった。

変なおじさんではなく、かわいい女の子の仲間が欲しい。

しみじみと切実に願いつつ、マノンは急須《きゅうす》を手に取って、こぽこぽと湯のみにお茶を注《そそ》ぐ。簡易の魔導紋章でお湯を沸かせる優れものの急須だ。ただし魔導を使えないとただの急須であるため、宿の備え付けの品としては不向きな気がする。

お茶を一服して、一息つく。

いまマノンがいる部屋は、まず他では見ないほど『異世界風』だった。

廊下は木目《もくめ》が美しい板張りで、各部屋には畳《たたみ》が敷かれている。木造の建物は珍しいことに玄関口から土足厳禁であり、湯上りに用意されるものはバスローブではなく浴衣だ。

第二身分《ノブレス》であったマノンの父親も、異世界人だった母を愛した影響で日本文化に傾倒していた。着物を日常で羽織《はお》っているマノンの服装など最たるものだが、それだってここまではない。

いまこの部屋にいるのは、マノンも含めて三人だ。

延々と話を続けている『盟主』。その話を聞き流しているマノン。そして残る一人は、畳に
寝そべっている万魔殿《パンデモニウム》だ。

いつもの真っ白なワンピースのまま、ころころと寝転がっている彼女の姿は愛らしい。

畳の上で気ままに転がっていた万魔殿《パンデモニウム》が、突然ぴょんと立ち上がる。

不意の行動に、マノンと『盟主』の視線が彼女に集中する。

万魔殿《パンデモニウム》は気にした様子もなく、虚空《こくう》を見上げてにんまりと口元を吊《つ》り上《あ》げた。

「用事ですか？」

「うん。面白《おもしろ》い子が近くにいるの。あたし、ちょっと魔を差しに行ってくるわ」

万魔殿《パンデモニウム》の突拍子もない行動は、いつものことだ。

彼女が見ている方向に、この町の駅があることには気がついた。

止めようかどうか、少しだけ迷う。

純粋概念【魔】の権化とはいえ、彼女は際限なく力を振るえる存在ではない。

第一に【力】に応じた生贄が必要なのだ。少し前、導師《マスター》『陽炎《フレア》』との戦闘でごっそりと使っ
てしまった。いまの万魔殿《パンデモニウム》が蓄えている生贄は、十人程度。自分を生贄に捧げることで自分

を召喚できる彼女が死ぬことはないものの、戦闘力という意味では心もとない。

だが。

「では……いってらっしゃいませ」

「うん。きっとお土産を持って帰ってくるわ」

結局は、好きにさせることにした。

マノンは本当の意味で彼女を制御しているわけではない。そもそも万魔殿《パンデモニウム》に意図など存在しない。いま彼女がマノンという個人を認識しているのも、それを世界の【魔】が必要だと判断したからだ。

いつかきっと『万魔殿《パンデモニウム》』はマノンを地獄の底に突き落とす。

いま浮かべているのと同じ無邪気な笑顔で、マノンという存在をきれいさっぱり食い尽くして、ひとかけらも記憶に残すことはないだろう。

それでいい。

マノン・リベールはそんな結末を承知しているから、万魔殿《パンデモニウム》とともにいることができている。

「マノンも外に出てみればいいわ。きっと素敵な出会いが待っているから！」

これからどこかの誰かに魔を差しに行こうとする万魔殿《パンデモニウム》は、幼子の無邪気さで笑って出かけていった。

列車が停車する音を聞いて、教典に宿っているサハラは無事に目的地の温泉街に到着したことを知った。

いまサハラの視界は機能していない。精神が宿っている教典ごと、メノウが腰に下げている荷物の底にしまわれているのだ。

人目につかない荷物扱いで運ばれているサハラは、逆算してモモたちにおよそ二日遅れだなと計算した。とはいっても、モモがメノウに捕まるかどうかなど、サハラに関係あることではなかった。

いや、無関係というわけでもない。モモが捕まれば、メノウはアカリを聖地に連れて行く。聖地にたどり着けば、サハラは宿った教典ごと引き渡されることになる。

そこでの扱いは、よくて焼却処分か、悪くて実験動物だ。

身動きすら取れない状態のまま、着々と処刑の時が近づいている。この先のことを考えると、じりじりと精神が摩耗する。これが罰だといわれれば、そうなのだろう。

サハラが厭世的《えんせいてき》な気分に浸っている間に、駅を降りたメノウたちは二手に分かれていた。

アーシュナがメノウを街に遣わせて、宿のチェックインをやらせているのだ。構内にある休憩スペースでくつろぎ、宿の確保が決まってから悠々と部屋に向かおうということなのだろう。他人を使い慣れている旅のやり方だ。

いいご身分なことだ、とサハラは内心で舌打ちする。

一言も会話を交わしていないが、アーシュナ・グリザリカは苦手だ。自信満々なところが気に入らないし、馴《な》れ馴れしい言動は肌に合わない。サハラが健全な状態であったとしても、決して知り合いたいとは思わないタイプだ。

自分の存在を知られたくないと、ひっそりと導力を沈める。

このまま消え去れればいいのに、と思う。

サハラは誰でもなかったことに耐え切れなかった。恨み妬《ねた》み足掻《あが》き苦しみ、自分の才能が自分の憧《あこが》れに届かないと知った時に、サハラの人生は壊れた。

嫉妬《しっと》。

原罪に数えられ禁忌の魔導のもととなる感情こそが、メノウになりたいと願って壊れたサハラの罪だ。

導力を生み出す魂が消えてしまえばいい。考える精神が動きを止めてしまえばいい。このまま殺されるくらいならばと、自分を消そうとして――。

イラッとした。

なんで自分がいなくならなければいけないのか。どうせなら最後まで迷惑を押し付けてメノウの記憶に棘《とげ》のような思い出を残してくれると決意する。

後ろ向きな行動指針を立てているうちに、メノウが戻って来た。

思ったよりも、早い。その感想はアーシュナも同様だったようだ。

「ん、早いな。部屋はとれたか？」

「ええ。ただ少しチェックインに時間がかかるようなので、ここでお待ちいただいてもよろしいですか？」

「そうか？　なら、もう少し君の給仕を楽しむことにしようか」

「かしこまりました、殿下」

使用人の真似事《まねごと》も板についたものである。にこりと微笑んだ執事服のメノウが、軽食を提供しているカウンターに向かう。アーシュナ好みの紅茶を用意してもらっているようだ。

「どうぞ」

「うむ」

やがて運ばれてきた紅茶を、アーシュナも尊大な態度で受け取る。彼女は主従ごっこのやりとりを楽しんでいるのだろう。

アーシュナが紅茶をたしなむ傍《かたわ》ら、メノウが荷物をまとめ始める。旅慣れている二人の荷物は多くない。荷物を整理するメノウは特になにかを意識した様子もなく、無警戒にサハラが宿った教典を手に取った。

『……？』

いま、なにか違和感があった。

現在のサハラには人体の感覚器はついていない。サハラの精神と魂に情報を寄越しているのは、教典の機能だ。教典が外部の情報を収集し、サハラに流し込んできたものに、明らかにおかしいものがあった。

いや、しかし、どうしてこんなことに――

『――……ッ！』

違和感の正体を悟って、サハラは戦慄《せんりつ》した。

メノウに殺される寸前ですら、ここまでの驚愕《きょうがく》はなかった。同時に、自分の存在が気づかれなかった奇跡に感謝する。

ここにいるメノウが荷物をまとめて立ち去るまで、サハラは一言も発することなく沈黙を貫いた。

「思ったより手間取ったわね」

宿のチェックインに予想以上の時間をかけてしまったメノウは、アーシュナが待つ駅へと続く大通りを歩きながら、愚痴をこぼした。

ここは初めて来る町である。まずはアーシュナが好みそうな高級旅館を探すのに手間取り、部屋をとる際もどのランクにしようかということで時間をかけてしまった。

アーシュナのことだから待たせた程度で機嫌を悪くしないだろうが、からかわれる可能性は大いにある。ちょっとだけ憂鬱《ゆううつ》になって駅に到着すると、意外なことにプラットホームの出入り口にアーシュナが待っていた。

「や、メノウ。手続きは終わったか?」

「殿下?」

手を上げてメノウを迎えた彼女に、目を丸くする。わざわざ駅の外で待ってくれているとは思わなかったのだ。

豪華寝台列車の名は伊達《だて》ではない。切符の値段も桁違《けたちが》いだが、提供されるサービスもまた一般乗客とは一線を画する。

豪華寝台列車の切符の持ち主は、路線全体でサービスを提供される。当然、駅構内もそのサービスの内側だ。あの列車の乗客には駅構内で特別な休憩スペースが提供されていた。

そこでくつろいでいるのものだと思っていたが、わざわざ出迎えに来てくれたらしい。

「待っているだけというのも思った以上に退屈でな。ほら、荷物運びをよろしく頼むぞ」

「ああ……はい、ありがとうございます」

アーシュナらしくもない。なぜにこんな親切なことを、と首を傾《かし》げつつも受け取る。

「さて。それでは想定以上に時間をかけて君が選んだホテルのセンスを見定めようじゃないか」

「やめてください……」

待ち構えていたのも、早くからかいたかっただけらしい。げんなりと肩を落としてから、気がつく。

教典に宿っているサハラが無反応だ。一切《いっさい》の導力反応を見せない。

いまメノウが左腕に抱えている教典はモモのものだ。サハラが宿っている教典の感触は、荷物の底にある。

嫌味の一つも伝える努力をしてこないとは、これまたサハラらしくない。疑問は覚えたが、アーシュナの前で声をかけるわけにもいかなかった。

「君の推測通り、この町にモモたちはいるかな？　楽しみだな、これからが」

「それを確認するために、この町に来たんです。遊びに来たわけではないので、楽しまないでください……」

そんな会話をしながら、メノウたちはモモがいると目星をつけた温泉街へと足を踏み入れた。

＊＊＊

「で？」

町はずれにある屋敷に侵入したモモは、足元の人物に問いかけた。

「昨日のことをまだ吐く気にはなりませんか？　ネタは上がってるんですよ」

ワイヤー状の糸鋸で縛り上げて足蹴《あしげ》にしている相手はモモが泊まっている宿の経営者である。昨日は立て続けに性犯罪者に襲われたとしか考えていなかったアカリとは違い、モモは相手の害意を敏感に読み取っていた。

「お前が『手配屋』ですよね。それで、なんで手配屋が主導して襲ってきたんですか。私が白服の補佐とはいえ、第一身分《ファウスト》に属する人間なのは見ればわかるでしょう。やり過ごさなかった理由はなんですか」

「お、教えるわけ、ねーだろうが……！」

事実、彼らはただの性犯罪者どもではない。モモを襲ったのは彼女が第一身分《ファウスト》だからこそだ。男の視点からすると、脱獄した『盟主』を迎えようとした矢先に白服とはいえ神官服を着た少女が町に来たのだ。どこかで計画を聞きつけた第一身分《ファウスト》の手先だと考えるのが自然だった。

それは不幸な勘違いであり、結果としてモモを呼び寄せることとなった。

「そうですか。じゃあ、もう一つ質問です」

モモは自分たちが襲われた理由には拘泥《こうでい》しなかった。裏稼業の者たちから『手配屋』と呼ばれる男を捕らえた最大の理由を告げる。

「お前の顧客リストを寄越しなさい」

手配屋は口をつぐんだ。

裏稼業の人間を集めて派遣する立場の人間だ。顧客の情報は死んでも語るわけにはいかないということだろう。

強情な態度に、モモは面白そうなものを見る目を向けた。死にかけのネズミをいたぶる時に舌なめずりをして嗜虐《しぎゃく》に輝く猫の瞳《ひとみ》である。

フリルの裾《すそ》から、愛用の武器を取り出す。

男を縛っているのも含めて、二本目。じゃらりと金属のこすれる音を鳴らしたのは、斬《き》るでも締めるでもなく、挽《ひ》くことに特化した一品。敵を苦しめるためにという志向で選んだ武器だ。

「どうぞ、耐えられるものなら耐えてみてください。これでも私――拷問と尋問の成績は、相当よかったんです」

死を覚悟しようとも、痛みを堪《こら》え切れる人間は少ない。

それを承知している少女は、無遠慮に糸鋸を動かした。


「ということで、次の相手は見つかりました」

かくかくしかじか。午前中に部屋を留守にしていたモモは、昼前に戻ると同時にアカリへ今日の出来事を報告していた。

手配屋から情報を引き出した手腕を聞き終えたアカリは、茫然と口を半開きにする。

「……あのさぁ、モモちゃん」

モモの手腕たるや、この町にいる犯罪者集団も真《ま》っ青《さお》な手際だ。どう考えても犯罪行為に触れているやらかしを聞いたアカリは、じとっとした目を向ける。

「モモちゃんの心の中には、良心とか良識とか『良』の文字が付く概念がないの？　そのうち、お天道様の下を歩けなくなるよ？」

「なにを言ってるんですか？」

問われたモモは、自分の行いになんの問題があるのかわからないと小首を傾《かし》げる。

「向こうから襲い掛かってきた犯罪者集団を鎮圧する。そして奴《やつ》らを根絶やしにするために必要な情報を確保する。二つのことを短い期間で達成した有能な人間に対する言葉とは思えないです」

「そっかなぁ……？」

「そうですよ。先輩なら、頭を撫でて褒めてくれること間違いなしです」

「そっかなぁ？」

結果だけ見ると良好なのだが、どうしても過程が気になるアカリだった。少なくともメノウがもろ手を挙げて受け入れるような手段ではないはずだ。

だがアカリはアカリでモモの被害者への興味は薄かった。

「それで、なにをするの？」

「残る『第四《フォース》』のクズどもをお前の訓練がてら駆逐しようかと」

さらりと物騒な予定を立てていた。

湯上がりの散歩に行きましょうか程度の気軽さで暴力的な訓練内容を聞かされたアカリは渋い顔をする。

「またモモちゃんの言う実戦訓練っていうやつ？　あんまり気が乗らないんだけど……」

そもそもアカリは暴力沙汰に好んで関わる性格ではない。

言葉通り気乗りしていないアカリの様子に、モモは一計を案じる。

「『第四《フォース》』はリベールでは先輩を追い詰めた一味です。放っておけば、先輩に害を及《およ》ぼしますよ」

「絶対許せないね！　根絶やしにしないと！」

おそろしく簡単にやる気を引き出せた。明日からこの町の『第四《フォース》』のメンバーたちの安全が不安である。

「残りの『第四《フォース》』の情報やら細々した禁忌の研究所やらの情報が握れたので、これから順次制圧していこうと思います。お前もついて来て下さい」

「わかった！」

勢い込んで頷くアカリを見て、モモは自分の狙いが順調に進んでいることを確信する。

メノウの負担を減らすために、アカリを鍛える。それはアカリを言い聞かせるための建前《たてまえ》の理由だ。

モモの本当の狙いは、アカリに純粋概念を多用させることだ。

モモにはアカリを殺害する手段がない。通常の手段ではアカリを殺害することができないのはわかりきっているし、メノウが想定していた手段である『塩の剣』の使用には、聖地を経由する必要がある。上官であるメノウから逃げている現状で採れる手段ではなかった。

ならば、どうするのか。

モモはメノウとは違う答えを独自に出していた。

アカリを人災《ヒューマン・エラー》化させてしまえばいいのだ。

モモが実戦訓練などと称してアカリに純粋概念を使わせているのは、彼女の記憶を削りきるのが目的だ。

メノウはあくまで、処刑人として周囲に被害を出さないことに尽力している。人災《ヒューマン・エラー》化はもっとも避けるべき事態だとしていた。

モモもメノウの方針に従って動いていたが、アカリの話を聞いて大きく転換した。

トキトウ・アカリが人災《ヒューマン・エラー》になれば、人的被害は出るだろう。場合によっては、一つの町が消滅する可能性もある。

だが、アカリが純粋概念を暴走させて人災《ヒューマン・エラー》となれば、彼女の自意識は消失する。元に戻す手段もない以上、助けられるかもしれないというわずかな芽も潰える。人災《ヒューマン・エラー》の討伐《とうばつ》ともなれば、メノウ個人ではなく聖地から部隊が派遣される可能性だってある。任務自体がメノウの手から離れ、アカリを助けるために第一身分《ファウスト》を裏切るという動機も完全に消えるのだ。

任務自体はもちろん失敗という形になるが、責任を命で贖《あがな》うほどのものではない。モモの独断に対する処罰も、最悪でも修道女に叩き戻されるくらいですむ。

少なくともアカリに達成できるかもわからない時間回帰を続けさせるよりかは、ずっと建設的だ。時間回帰もノーリスクではない。もしこれ以上繰り返させれば『万魔殿《パンデモニウム》』を完全に解放させる恐れがある。

アカリの人災《ヒューマン・エラー》化と万魔殿《パンデモニウム》の封印解除のどちらがマシかという話だ。

アカリがどのような人災《ヒューマン・エラー》になるかが不明なのはネックだが、『万魔殿《パンデモニウム》』の脅威は歴史が証明している。あの怪物は、過去に古代文明を崩壊させた四大人災《ヒューマン・エラー》の一角なのだ。

小指で、あれだ。

もし霧の封印が解かれたのならば、言葉通りに世界が食い尽くされることになりかねない。史実として、南方諸島連合は領土を丸ごと食い尽くされた。

この町で起こしたような小競り合いを起こしてアカリに純粋概念の魔導を使わせていけば、いずれ彼女の記憶は食い潰《つぶ》される。世界回帰をできないほどに記憶を消費させれば、いま以上に霧の封印が揺るぐことはない。モモが最初の潜伏先としてこの町を選んだのは、山間《やまあい》にあって孤立しているからだ。観光客は多いが、第三身分《コモンズ》が中心の町だからこそ重要な施設はない。モモはアカリが人災《ヒューマン・エラー》化しても『町が一つ滅びるだけ』の場所を選んだ。

モモはメノウほど優しくない。メノウが助かる可能性が高い手段を選ぶのみだ。

冷ややかにアカリの横顔を見ていたモモは、そういえば、と思い出す。

「……異世界人の処理をするのは、初めてです」

モモは処刑人の補佐官だ。

少なくない数の人間を殺傷してきた。

ただそれでも、異世界人の処理はしたことがない。そもその数が少ないというのが理由の一つ。モモに『なんの罪も犯していない善人』を殺させたくないというメノウの方針から、遠ざけられていたのも大きな理由だ。

だからモモは異端に与《くみ》していない人間を殺したことはなかった。

禁忌に足を踏み入れるということは、多かれ少なかれ、倫理を逸脱する。かつて古都ガルムでオーウェルが多くの無辜《むこ》の民を実験体としていたように、求めるには犠牲が多すぎるがために禁忌とされているからだ。

だが、異世界人は違う。

アカリは違うと、この短期間での交流でモモはわかってしまっている。

好き嫌いは別として、彼女は、『善い』人間だ。

「モモちゃん、いまなにか言ったー？」

「言ってません。腐ったお前の耳の聞き間違いです」

「腐ってないんだけど⁉」

ぎゃーぎゃーと言い返して来たのを受け流しながら、頭を回す。

そろそろ金策を終わらせたメノウが本格的な追跡を開始している頃合《ころあ》いだ。ここに逗留《とうりゅう》できる猶予は、三日ほどになるだろう。相手にできる集団がいなくなれば、また別の場所に移動するべきだ。

胸に浮き上がりかけた罪悪感を押し込めて、アカリの記憶を消費させるべく、モモは頭の中で次の予定を組み上げていった。


到着した旅館の一室で、サハラは荷物と一緒に放置されていた。

扱いが雑なこと極《きわ》まりなかった。心中では百回メノウへの愚痴と文句を繰り返していたが、サハラの文句を聞く者はいない。なにせサハラが宿っている教典をメノウが持ち歩く必要はない。モモが置いて行った教典があるのだから、当然、そちらを使用する。

おかげでサハラは完全に旅荷物扱いである。

メノウは目的通り、モモたちを探しに出かけた。メノウと共にこのホテルに来たアーシュナも姿を消している。そのことについては、心底から安堵《あんど》していた。

あの時のメノウとアーシュナは、サハラを怯《おび》えさせる存在だった。

一人、残されたサハラはぐるぐると思考を回す。

この町に着いた時、あの休憩スペースで自分が目撃したもの。彼女のことをメノウに伝えるべきか――と考え、すぐにその選択肢は放棄する。

なにもメノウのためになることを助言する必要はない。メノウが困るなら、ぜひとも困難な事態に陥《おちい》って欲しいというのがサハラの正直な思いだ。メノウがいまのアーシュナにサハラの存在を隠してくれるというのならば、それは都合がよかった。

これから、自分がどうするのか。

とぷん、と思考の海に精神を沈める。

教典に宿っているというのは、不思議な感覚だった。あるべき肉体の感覚はないのに、意識が存在する。教典に宿って初めて、サハラは教典というものがどういう導器なのかを深く知ることになった。

いまのサハラに、肉体はない。本来ならば五感も存在せず、外部の情報を得ることはできない。教典魔導による導力光の投影で自分の姿を映せるが、しょせんは虚像だ。話すことは当然、なにかを見聞きすることも不可能なはずだった。

生命の定義が肉体・魂・精神の三要素が揃っていることであるのは、そうした理由でもある。肉体もないマノンが外部の情報を捉《とら》えることができているのは、教典に外部の情報を収集する機能が付いているからだ。そして面白いことに、外部の情報を収集しているのは、サハラの意思ではなかった。

教典とは、世界の情報を収集するための導器でもあるのだ。

サハラはその教典の機能を乗っ取ることで、外部の情報を収集していた。そういう意味では、サハラが宿った瞬間に、この教典は本来の機能を失っている。

教典が高度な魔導書であることは誰もが知っている。同時に、高度な導器であるからこそ、その機能のすべてを知っている人間は、神官の中ですらほとんどいない。

教典が、なんのために存在するのか。魂と精神を保存できるほどに、情報を収集することに優れている理由はなんなのか。

もちろんサハラのような存在を生むためではないだろう。教典の所持が許されているのは、第一身分《ファウスト》として認められた神官だけだ。導力適性を認められ、魔導の研鑽《けんさん》を積んだ者だけが教典を携え、各地の教会で活動している。

大陸に散らばる神官たちに自動的に情報を収集する機能を備えた教典を持たせている理由はなんなのか。

サハラの頭にいまの状態になって初めて、考えたこともなかった問いが浮かぶことになった。

だがいまのサハラが自由にできるものはなに一つない。

多少の教典魔導は使用できるようだが、そもそも動けないのでは意味がない。人目につかないよう荷物の底に押し込まれて持ち運ばれる存在だ。そして聖地まで連れて行かれれば、サハラはメノウの手元からも離れることになる。

気に入らない。

とてつもなく不本意な状況だ。だというのに、それを打破する要素がない。

なにを考察したところで、無駄に終わる。それが悔しい。

いっそ教典魔導を発動させて旅館の部屋を壊してしまうか、などと考える。特に意味はないが、嫌がらせとしては悪くない。

不毛なことを考えていると、部屋の扉が開く音がした。

メノウが帰って来たのか。サハラが意識を向けると、部屋に入ってきたのが幼い少女であることがわかった。

自分の部屋と間違えて入り込んだとおぼしき、十歳になるかならないかの幼女だ。てくてくと遠慮のない足取りで部屋に入り込む。

子供がぐるりと部屋を見渡した。部屋を間違えていることに気がついていないのか。とてて、と軽い足音を立てて荷物がまとめてある一角、サハラのもとへ近づく。

違う部屋の人間なのに、なぜ扉の鍵《かぎ》を開けることができたのだろうか。もしかしてアーシュナが外出の際に閉め忘れていたのかと訝《いぶか》しみつつも、相手の幼さから警戒心は湧《わ》かなかった。

なんの遊びのつもりなのか、子供は迷わず教典を持ち上げる。荷物が違うから自分の部屋ではないことはわかるだろうに、悪い子供である。

子供の悪戯《いたずら》だろうが、持ち去られたら困るのはサハラだ。教典の映像魔導を起動させれば、おばけのふりくらいはできる。軽く脅《おど》かしてやろうかという考えを実行する前に、幼女がきゃっきゃと無邪気な歓声を上げた。

「みぃーつけた。【器】の気配があると思ったんだけど、やっぱりね。あたしも、まだまだ捨てたものじゃないと思わない？」

サハラの思考が固まった。

純粋概念【器】。

幼い口から発せられた言葉が、四大人災《ヒューマン・エラー》の一つである『絡繰り世』を示すことをサハラは知っている。その名を語れる者が、ただの子供のはずがない。

見知らぬ子供は天真爛漫《てんしんらんまん》に笑っている。幼くも上品な顔立ちを彩《いろど》る黒髪に、黒い瞳。真っ白なワンピースの胸元《むなもと》には、三つの丸い穴が開いている。

「こんな素敵なものを置いて行っちゃうなんて、あのおねーさんもうかつだわ。まあ、おねーさんも、これがどういうものかって、よくわかってないのかしら。いくら教典が【白】をベースにしてたって、魂の形に干渉できる概念は、あたしと【器】の二つだけなのにね？」

目の前の幼女は間違いなくサハラの存在を感知して語り掛けている。サハラが答えないままでいるにもかかわらず、彼女は一方的に話し続ける。

「誰だかは知らないけど、はじめまして、こんにちは。あなた、あの人に祈ったんでしょう？ あの人に願いでもしない限り、こんな不自然な状態にはならないはずだもの。いくら教典が精神を補完するためのものだからって、魂も一緒に封印されたのは、あの人の仕業《しわざ》ね。あなたがいまの状態なのは、あの人のおかげでもあるの」

サハラを侵食した『絡繰り世』の本質は、願われた望みを叶えることにある。肉体から精神、精神から魂へと入り込んで、取り憑《つ》いた対象の望みを叶えることで同化する。

自分の状態まで言い当てられたサハラは、とうとう観念した。導力を操《あやつ》り、教典魔導を起動。導力光が立像を結ぶ。

『……あなた、何者？』

「まあっ！　びっくりしたわ」

掌《てのひら》大のサハラを見て、妖精《ようせい》に出会った夢見る子供のお手本みたいな反応を示す。わざとらしい仕草は、サハラの神経を逆なでした。

『ふざけているの？』

「まあまあ、怒らないで？　あたしが誰とか、気にすることじゃないと思うの。だって、知らない人があたしのことを知ったらガッカリしちゃうもの」

『ガッカリ……？』

「うん！　なにせ、あたしはとっても弱いから。【器】のあの人に比べれば、よわっちいのは認めるわ。でもでも、それでもね。あたしだって誰かの願いを叶えることができるって、見せてやるんだから！」

対抗心を燃やしているんだと示すかのように両手をぐっと握っている動きは、いささか演技過剰だ。彼女の話しぶりから、サハラは幼女の正体を察しつつあった。

『あなたが、万魔殿《パンデモニウム》なの？』

「ええ、正解よ！」

サハラの問いに、幼女はあっさり頷いた。数ある人災《ヒューマン・エラー》の中でも、最低最悪。この世にはびこる万魔の主は、聖なる教典を両手で掲げる。

「ね、小さな小さな妖精さん」

肉体を失ってしまったサハラへ、万魔殿《パンデモニウム》は邪気のない笑みを向けてささやく。

「いまのあなたが欲しいものを、言ってみて？」

誰かに、なりたかった。

世界を妬む嫉妬をくすぶらせるサハラの胸に、原罪概念の権化が火を点《つ》けた。

旅館にアーシュナを案内したメノウは、早々に神官服へと着替えを済ませていた。

アーシュナはまずは名物である温泉に入浴したいとのことだった。一緒に入るのはどうだという要望は断ってから、メノウはモモを探すために町へ情報収集に向かった。

真っ先に向かったのは、町の出入り口である駅だ。

降車時はアーシュナの傍で執事服を着ていたので、聞き込みをしようにもまず不審に思われると後回しにしていた。

その点、神官服だと信用度が違う。

ましてや、いま探している相手は神官補佐の立場である白服のモモだ。正式な神官である藍色の神官服を着たメノウが「部下を捜している」と理由をつければ不審に思われることはない。

「ああ、その人なら見ましたよ。女の子の二人連れでしょう？　三日ほど前に、この駅を降りていますよ。やけに仲が悪そうなのが印象的だったから、よく覚えていますよ」

駅員に聞いてみれば、二人目で早くも目撃証言を得ることができた。

隠れようとしなければ目立つ二人である。服装くらいは変えている可能性もあったのだが、モモも神官という立場の信用を優先していたようだ。有力な目撃情報を得たメノウは駅員に礼を言って歩き始める。

モモがこの町にいることはほぼ確定した。どうやらモモは金銭面でのメノウの足止めが成功しているという前提で行動しているようだ。追っ手に対しての偽装をほとんどしていないことから、モモの油断が透けて見える。

「脇《わき》が甘いんだから……」

そういう面は、もっときちんと教え直すべきかもしれない。

とはいえ追う立場であるメノウとしては好都合である。モモの資金を考えて宿を当たっていけば、意外と早く見つかるかもしれない。

駅のコンコース近くの人気のない空き地で、次はどこに向かおうかと考えをまとめていた時だった。

「もし、そこの素敵なお嬢さん」

背後から、声をかけられた。

丁寧な口調ながらもからかいが交じった声色《こわいろ》だ。どこかで聞いた覚えがあるのに、メノウにしては珍しいことに声と顔がとっさに結びつかなかった。

記憶を探りながら振り返ると、毛量の多い深い青色の髪を三つ編みに垂らした着物の少女がいた。

「あなた……」

瞠目《どうもく》したメノウの反応に、相手は愛用している鉄扇《てっせん》を口元に当てて悪戯《いたずら》っぽく微笑んだ。

「……マノン」

「お久しぶりです、メノウさん」

港町リベールで出会い、メノウが刃を突き立てた少女。マノン・リベールがいた。

驚きは、すぐに過ぎ去った。次に湧いたのは、警戒心だ。

「改めまして、お会いできて嬉しいです。魔の否定《ひてい》形ことマノンとはわたくしのことです」

「……なに、それ。万魔殿《パンデモニウム》を引き連れている奴の言うこと？」

「ふふ、いまの名乗りは気に入っているんです」

意味不明の名乗りと敵意のない態度に毒気が抜かれた。いつでも短剣は抜けるようにと意識しつつ、メノウが問いかける。

「久しぶりね。グリザリカでの『盟主』脱獄の件は聞いていたけれど、ほんとうに生きていたのは残念だわ」

「ええ。生きていたというより、死んで復活したというほうが正しいのですけれども、さして差はありませんね。わたくしマノン・リベールは死の淵から蘇ってまいりました」

マノンが万魔殿《パンデモニウム》によって悪魔として蘇ったというのは、メノウもモモから聞いていた。いわば、いまのサハラと似た状態だ。人としての肉体は死亡したものの、別の器を用意することで魂と精神を保全している。

万魔殿《パンデモニウム》が操る純粋概念【魔】。原罪概念魔導のもととなった異端の純粋概念は、生命の肉体、精神、魂を粘土のように捏《こ》ねてちぎっていじくりまわせるものだ。

「……あなたを復活させたのは『万魔殿《パンデモニウム》』よね」

「ええ、その通りです」

メノウはリベールでのマノンの最期《さいご》を思い出す。万魔殿《パンデモニウム》が現れる際に、内側から真っ二つにこじ開けられたことによってマノンは確実に息の根を止められていた。さらにはその後、彼女の死体は魔物によって捕食されたはずだ。

いま思い返せば、あれは万魔殿《パンデモニウム》がマノンの魂を保護していたのだろう。

「彼女は、どこにいるの？」

「さあ？」

とぼけているわけではなさそうだ。万魔殿《パンデモニウム》の所在を問われたマノンは、おっとりと頬《ほお》に手を当てる。

「今頃《いまごろ》は好きにしていると思いますよ。気ままな子ですし、わたくし、あまりあの子を縛り付けることをしたくありませんので自由にさせているんです」

「……そう。それで、なんの用？」

万魔殿《パンデモニウム》を自由にさせている。聞きようによっては恐ろしい返答だ。

いまのマノンは禁忌のお手本のような人物である。それが処刑人であるメノウの目の前に現れて、まさか世間話ということもあるまいと問いを叩《たた》きつける。

「特に正面から接触してきた理由、聞いてもいいかしら。死んでいると思われたほうが、ずっと都合がいいはずなのにわざわざ姿を現したとなると、よっぽどの用事でもあるの？」

「あら、大した理由はありませんよ。変な人と一緒にいる部屋にいるのも嫌だったので外に出たら、偶然、会えただけです」

「偶然……？」

「ええ。声をかけたのだって、正面から堂々と会いに来られるほうがメノウさんが嫌な気持ちになるからですもの」

メノウが嫌そうに眉《まゆ》を寄せたのを見て、マノンは口元に袖をあてて、くすくすと笑みをこぼした。

「メノウさんの素直なところ、好きですよ。処刑人にあるまじき性格のよさですよね」

存在を気が付かれないように暗躍するのではなく、ただメノウが嫌がるからと姿をさらけ出してアピールしてくる。おっとりとしている外見とは裏腹な自己主張の強い振る舞いは、『反抗期だから』の一言で己の一族郎党を万魔殿《パンデモニウム》の生贄に捧げたマノンらしいと言えた。

「それにわたくしの存在はもう第一身分《ファウスト》には捕捉されていますので、生死の偽装は意味がありません」

「……この町でなにかしようとしているの？　リベールの時とはずいぶん動きが違うじゃない」

「いえいえ、ここへは本当に休養をしに来ただけですよ。意外なくらいの珍客が集まっているみたいですけど、それも、あくまでも偶然です」

警戒を解かないメノウに対して、マノンの口ぶりは軽《かろ》やかだ。

「せっかくお会いできたので、少し頼みごとをよろしいですか？　この町にモモさんがいるのはメノウさんもご存じですよね」

「……知っているわ」

知っているもなにも、モモを追ってこの町まで来たのだ。

マノンがモモの行動を知っているということは、アカリがここにいることも把握済みだということだ。彼女の目的によっては、メノウが彼女たちと別々に行動していることが致命的な隙《すき》になり得る。

最悪、すでにモモたちがマノンの手に落ちている可能性すらあった。そこまで警戒していたからこそ、次の言葉が予想外だった。

「モモさんがこの町の『第四《フォース》』の方々をイジメているので、止《と》めていただけませんでしょうか」

「はい?」

思わず変な声を出してしまった。

「モモ、が? イジメ……? どういうこと?」

「具体的には、ご自分の目で確認してください」

悪いほうへと予想を広げていたせいで、理解より戸惑いが先行した。自分から頼み込んできたという割には、マノンは話を一方的にメノウへ放り投げる。

「わたくし、あんまりモモさんには興味がないので摩擦を起こしたくありません。どうにも説得に耳を貸してくださる方とも思えませんし、かといって放っておいたらわたくしのところまでたどり着きそうでして……戦っても心が動かされるような相手だとは感じられませんので、これはメノウさんに丸投げしてしまったほうがいいかなと判断しました」

「普通は興味ある相手のほうが争いごとを起こしたくないと思うんだけど？」

「そうですか？　好きな方には構っていただきたいではありませんか」

どうにも共感しづらい感性だ。やりづらさを抱えつつも、情報を引き出すために話を続ける。

「話を戻しますが、ここはあまり第一身分《ファウスト》の権勢が強くない地域なのです。その都合上、数人、『第四《フォース》』の支援者がいらっしゃるんです。たまに会合とかにも使われているらしいんですよ？」

「そんな情報を流すなんて、潰してくださいとでも頼んでいるのかしら」

「いいえ、もう、わたくしが来た時には半壊していたので、どうでもいいかなと」

メノウの皮肉に、まさかと首を振る。話の流れからすれば、それを半壊させたのがモモなのだろう。

「この辺りでメノウさんに引き取っていただけるのが一番、綺麗《きれい》にことが収まると思うんです。お早めに回収していただくためにモモさんのことを伝えにきました」

「……あなたは、『第四《フォース》』の仲間を助けないの？」

「そもそも仲間だという自覚がありませんね。わたくしはわたくしの自由が欲しいのであって、身分構造の変革には興味がそそられません。第一身分《ファウスト》、第二身分《ノブレス》、第三身分《コモンズ》。そんな区分けがなくとも、わたくしのような人間は生まれます」

マノンのような人間。

禁忌に堕《お》ち、血縁をことごとく生贄に捧げた少女がくすりと笑う。

「わたくしが尽くしたいと思う活動は……そうですね。『迷い人』の問題を根本的に解決してくれるような、そんな方にならついていってもいいと思っていますよ？」

意味深に含みを持たせた視線を送ってくる。まるで、メノウがその活動をしてくれるのではないかと期待している目だ。

戯言《ざれごと》は無視して、メノウは話を続けた。

「どちらにしても、モモは引き取るわ。ただ、この場であなたをどうするかは別の話になるわね」

「その話でしたら、わたくしも提案がございます」

敵意を向けるメノウの視線を受けて、マノンは華やかな笑顔を浮かべ、奇遇ですと言わんばかりの仕草で両手を合わせた。

「わたくしの仲間になってくれませんか、メノウさん。あなたなら歓迎します」

前振りのない世間話と同じ口ぶりの勧誘だった。

一瞬、なにを言われたのかわからずにきょとんとしてしまう。それほどの自然さだ。

「……本気？」

「ええ。アカリさんとモモさんもご一緒で、是非ともいらしてほしいと考えております」

本気だ。むしろ正気かどうかを確かめたかったのだが、マノンは完全に本気だった。

ブラフでもなんでもない。マノンは裏も表もなくメノウに向かって仲間になりましょうと提案している。

　怪しいという疑念を通り抜けて、いっそあきれてしまった。

「『第四《フォース》』に入れってこと？」

「いいえ。『第四《フォース》』は『盟主』さんが作り上げて、いまは腐ってしまった組織です。利用のしがいはありますが、彼らの活動に意義は感じません。……この町の皆さんとか、性犯罪集団だそうですし」

　ぼそっと訳のわからないことを呟いて、話を続ける。

「なので『第四《フォース》』のことはお気になさらず。メノウさんには、わたくしと志《こころざし》を同じくする個人的な仲間になって欲しいというだけです」

　個人的な仲間。

　仲間が欲しいということは、衝動的な愉快犯ではなく、なにか目的があるということだ。それを探る必要がある。万魔殿《パンデモニウム》を引き連れるマノンは決して油断ならない存在だ。

「どうして私を誘うの？　リベールであなたを殺した張本人よ」

「そのことに関して、わたくしはメノウさんのことを恨んでなどおりませんよ。確かにメノウさんにはこてんぱんにされましたけれども、リベールでも目的は達成しましたもの、わたくしは」

　彼女の言う通りだ。

確かにメノウはマノンとの戦闘に勝利した。ただそれはマノンが自分自身を禁忌にするという目的を達成した後だった。

リベールでの事件で起こったその後のことは、彼女にとって気晴らしでしかない。実際マノンは、殺されても構わないという気持ちでメノウと戦っていた。

それにしたって恨みの感情の一つもないというのは尋常ではない。

「どちらにしてもお断りだわ。私は神官だもの」

「いいのですか？　わたくしの他にもきっと、素敵な仲間が待ってますよ？」

「くどいわね。私は処刑人よ。禁忌と組むほど落ちぶれてはいないし、もしも処刑人の立場を裏切れば、私自身が禁忌になって第一身分《ファウスト》から追われるわ。受けるわけないじゃない」

本気でメノウを引き抜きに来たのならば、交渉は決裂だ。そもそも成り立つ余地がない。

メノウの返答は想定の範囲内だったのか、マノンは気を悪くした様子もない。「そうですか……」と残念そうにつぶやいた後に、顔色一つ変えずに話を続ける。

「あの子が、あると言ったらしいですね」

「なんのこと？」

「アカリさんを殺す方法が、あると。それが『塩の剣』だとメノウさんに囁《ささや》いたらしいですね」

どこに話を持っていきたいのか。突然の話題の転換に先行きが予測できず、戸惑いと沈黙を挟んでしまう。

その沈黙をマノンが言葉で切り取る。

「わたくしからも、一つ申し上げておきますね」

「なにを言ったところで――」

「ありますよ。異世界人を暴走させないための方法が」

思考が凍った。

出しかけた声が途切れる。告げられた内容に対して表情を取り繕うことすらできない。

「……嘘《うそ》ね」

かろうじて絞り出した声は、自分のものだとは信じられないほど弱々しかった。

マノンは、くすりと上品に笑う。

「嘘ではありません。よく考えてください、メノウさん。千年前、この世界の文明は純粋概念を活用して発展したんです。排除するばかりのいまとは違って、異世界人を受け入れ、共に歩んでいました。古代文明が異世界人を利用するばかりではなかったのは明白です。だって、この世界の言語は彼らの言葉になったんですよ？」

それがなにを意味するのか。

「よほど友好的に接し続けなければ――あるいは、異世界人のほうが上位に立たなければ、彼らの言語で統一されるなどという現象は起こり得ません。ならばなぜ、そんなことができたのでしょうか?」

マノンの瞳がメノウの目をまっすぐに見つめる。

「だってそうでしょう? 異世界人は純粋概念を使えば、記憶が削れます。自分の名前すら忘れた果ては、人格が概念に侵された怪物になってしまいます。そんな不安定な存在が世界の支配層になどなりえるはずがありません。それなのに、どうして『この世界の言語が日本語に統一される』ほど、かつての世界は異世界人を受け入れ続けることができたのでしょうか」

口を挟めない。筋が通っている。反論の糸口が、ない。

「あったんです。異世界人を暴走させないためのシステムが、確かに構築されていたんですよ」

「ただの仮定でしかないわ。そもそも古代文明期にあったからといって、いまなければ同じことじゃない」

「なぜ、いまもないと言えるのですか?」

「あるわけないじゃない」

マノンの語る情報がメノウにもたらしたものは、希望などでは断じてなかった。

なぜならば、マノンが言ったことが事実だとしてもメノウはアカリを殺さなければならないからだ。

異世界人を殺さないですむ方法があるのならば第一身分《ファウスト》の上層部がその存在を知らないはず

がない。メノウは第一身分《ファウスト》だ。禁忌を狩る処刑人だ。異世界人を殺すという決めごとに反する権利などない。

たとえ助ける方法があったとしても、命令が変わらない限りメノウはアカリを殺さなければならない。

それは義務だ。

メノウは、アカリが初めての標的ではない。いままで、少なくない数の異世界人を殺害している。

もしそんなシステムがあって、第一身分《ファウスト》の上層部が隠しているとしたら。

いままでメノウが積み上げてきた屍《しかばね》の意味は、どうなるのだ。

「さらにいえば、わたくしはこちらの世界からあちらの世界へ行く方法があるとも思っていますよ」

「それこそありえないわ。古代文明期ですら、異世界に戻った異世界人の記録はないのよ」

「感情での否定はらしくありませんよ、メノウさん。魔導とは、どういう生まれ方をしているのか。ルーツを掘り下げてみれば、自然とわかることです」

反射的な否定は、やんわりと押し返された。

「なにせ意味ならありますから。社会システムは、それが益となるならば外敵の排除をよしとします。例えば、そうですすね」

わざとらしいほど、にっこりと笑う。

「第一身分《ファウスト》の上層部にして意思決定機関――【使徒《エルダー》】が異世界からの侵入者を敵と定義すれば、排除することはすなわち正義です」

メノウは心を落ち着ける。マノンの話で少なからず動揺した感情の平静を取り戻し、唇を舌で湿らせる。

「口だけなら、なんとでも言えるわ。理屈を通したいのならば、物証を用意しなさい」

「もっともですね。物証の確認はこれからなので、まだないのですけど……でも、メノウさん」

マノンが妖《あや》しく微笑む。

「ねえ、守る必要があると思いますか？　縁もゆかりもない、ただ力だけは途方もなく強い『迷い人』を、社会システムを作り上げた権力者が。だって異世界人を殺したところで、この世界には彼らと縁がある人間がいないいんです」

異世界人は、寄る辺のない人間だ。

家族も、友人も、隣人も。顔見知りの一人もいない。たった一人でこの星に訪れた彼ら彼女らが消えてしまっても気が付かれることがない。

だから処刑人が処分するなどという乱暴な対処も通ってしまう。召喚すること自体が罪であるため、異世界人を召喚した者も口をつぐむ。そうして、大きな騒ぎもなくこの世界に訪れた

『迷い人』を殺し続けた。

「ヒント、差し上げましょうか」

「いらないわ」

「異世界人が消費するものは、記憶であり、人格——すなわち、精神です。それを溜《た》めておけるものがあれば、どうでしょう」

「そんなものは——」

ない、と言おうとして、ひらめきの電撃がメノウの体を震わせた。

ある。

あった。心当たりがあった。心当たりどころか、いまマノンが言ったものの条件にぴったり当てはまるものをメノウは所有していた。

肉体はなくなったのに、記憶と人格が残っているもの。

すなわち、いまのサハラだ。

思考の方向が、いま思いついた一点へと集中する。教典が、そもそもそういうものだったのならば。

「メノウさん。リベールでわたくしが申し上げたこと、覚えていますか?」

「なんの、こと?」

「子供は、周囲の大人が期待するように振る舞ってしまいます」

脳裏《のうり》を埋め尽くして仮定に乱れてしまった心を律するより先に、大人びた静かな口調でマノンが語り掛けてくる。

「少し調べさせていただきましたけど……メノウさんは記憶を失った後、『陽炎《フレア》』と出会ったそうですね。史上最多の禁忌狩り。生ける伝説の処刑人。あなたは、そんな彼女の生き方に応《こた》えたかったのではありませんか？　幼い子供が一番身近な人の生き方を模倣したくなるのは、当然じゃないですか」

「あの人はッ！」

必要以上に、語気が鋭くなった。

それを自覚して、ぐっと言葉の勢いを抑え込む。

「私に、なにかを期待したことなんて、ないわ」

「期待されるにしろ、されないにしろ、それは影響を受けないということを意味していません」

同情のこもった声だった。まるで、いつか自分が体感した感情に同調している様子だ。

「庇護者である人が、そこにいるというだけで多大な影響があるんです」

異世界人の子供として勝手に期待され、勝手に失望されたマノンの幼少時代とメノウでは、はっきりと違うはずだ。

だというのに、マノンはシンパシーを向ける。

「メノウさん。あなたは自分の正体を知るべきだと思います」

「正体？」

「はい。あなたのルーツです。それは自分の生きる目的になり得ます。わたくしが『万魔殿《パンデモニウム》』と一緒に行動している理由も、わたくしの生まれに大きく関わっていますから」

マノンは異世界人の血を引いている。リベールで引き起こした事件にしても、万魔殿《パンデモニウム》を解き放ったことにしても、それが大きく関わっている。

「もう一度、聞きますよ」

ひょい、と覗《のぞ》き込む。

「助ける方法があると知っていて、それでもなお、メノウさんはアカリさんを殺すのですか？」

メノウは口をつぐんだ。とっさに答えることができなかった。冷徹な処刑人の顔ではない。彼女の本質がむき出しになる。

鋭い刃としてある反面、薄くて、脆《もろ》い部分が。

マノンが目元をやわらげた。メノウの内側にある脆《もろ》さをいとおしむように誘惑する。

「メノウさん。わたくしの仲間になってアカリさんを助ける方法を突き止めましょう。だってメノウさん、言っていたじゃないですか。自分は悪人だって。つまりアカリさんを殺すことは悪いことだって、メノウさんは知っているんです」

マノンが手を差し伸べる。

「仲間になってください、メノウさん」

二人の間で、沈黙が流れた。

「……マノン」

「はい」

静かな呼びかけにマノンが答えた、その瞬間だ。

「私は――そんなに、弱そうに見えた？」

白刃が、閃《ひらめ》いた。

一足で間合いを埋めて、太ももから短剣を引き抜いたメノウが馬乗りになる。息を吐くと同時に、導力強化。瞬きの間にマノンの喉元《のどもと》へと刃が迫る。

マノンは押し倒された姿勢のまま扇を振るって短剣を弾いた。同時に、ぐにゃりと形を変えて迫った影の刃を、メノウは飛びのいて回避する。

「それでこそです、メノウさん！　相変わらず、ためらいがないですね」

「ためらう必要がある？　禁忌を犯したあなたが生きているのなら――また、殺すだけよ」

メノウの攻撃を受けたマノンは、なぜか嬉《うれ》しそうだった。体勢を整えている間にマノンも立ち上がり、懐《ふところ》から取り出した鉄扇を構えた。

彼女の立ち姿に、メノウは目を細める。

「そっちは変わったわね。ずいぶんと腕を上げたじゃない」

「ええ。体の素材になった方々が優秀でしたので、自然と能力が上昇しました」

マノンの導力が、足元から地面へと流れる。

「覚えていますか？」

『導力：接続――影・擬似概念【無】――発動【無影】』

マノンの影が、メノウの【障壁】を貫通した。

「グリザリカで、あなたが殺害した方々ですよ」

擬似概念。

純粋概念を持つ者を素材とした場合に得られる魔導だ。その中でも【無】といえばグリザリカ王国でメノウが殺害した少年しか考えられない。

マノンが得た魔導の性質を見抜いて、それでもメノウに迷いはなかった。

「その程度で、私に勝てるつもり？」

【無】の擬似概念を宿した影。技巧的になった体捌《さば》き。なるほど強敵になった。

だがそれでも、一対一でメノウが負ける相手ではない。

「マノン。個人的な仲間になってほしい、って言ったわね。『第四《フォース》』としてじゃない、あなたの目的はなんなの？」

「ああ、そういえば言ってなかったですね」

殺し合いをしながらの問答。マノンは意外なほど神妙な態度で答えた。

「変えたいんです、『迷い人』のあり方を。……あの子が『万魔殿《パンデモニウム》』になる前の彼女のことを知っているのは、もう、世界でわたくししかいませんから」

深く、重い口調だった。

どういうことか。物問うメノウの視線を受けて、マノンは扇で口元を隠す。

「ふふっ。まあ、なんですか。当面は、異世界に行ってみたいなというのが目的です」

異世界からの召喚ではなく、異世界へと向かう方法。

その実現の可否は、メノウもはっきりと聞いたことがある。

「それが、あなたの言うところの『迷い人』の問題を根本的に解決するための方法？」

「答えの一つかな、とは思っています」

「ないわよ、この世界から異世界へと行く方法は」

「嘘ばかり教えられていますね。ありますよ、その方法は」

真向から正反対の意見がぶつかり合う。

メノウはかつて問いかけたことがある。幼少のメノウの質問に導師《マスター》ははっきりと、ないと返答した。

だというのに、にこりと笑ったマノンが根拠を付け足した。

「確度は高い情報ですよ。なにせ『万魔殿《パンデモニウム》』と『盟主』、そして――導師《マスター》『陽炎《フレア》』の三人から聞いて合致したものです」

「……会ったの、あの人に」

「ええ。少し前にお会いしました。ご存じありませんか？　ちょっと前に壊滅した町があったじゃないですか」

マノンが町を一つ滅ぼせること自体は驚かない。小指といえども万魔殿《パンデモニウム》を連れているのだ。原罪概念の権化に対して無警戒の状態で襲われたのならば、対処するほうが難しい。

問題は、そこで導師《マスター》と出会ったという事実だ。

禁忌を前にしたのならば、導師《マスター》は処刑を執行する。それだというのにマノンが生きているということは、彼女が導師《マスター》『陽炎《フレア》』から逃げ切れる力を身に付けているということを意味する。

「そこでいろいろと、興味深いことを聞きました。町を一つ潰した価値はあったと思っていますよ」

「……」

だしぬけにメノウが導力強化を絶った。戦いの最中、必須ともいえる導力強化を解くのはあからさまな悪手だ。脅威が減じたという戸惑いから、マノンはとっさの対応が遅れてしまった。

その隙をついて、メノウはまっすぐ飛びかかった。

導力強化を発動せずとも、訓練された動きは鋭い。反射的な動きでマノンの影が浮かび上がった。肉体の延長として精神と魂が宿った影は、彼女の思い通りに動く武器となる。

幾多の黒い刃となった影が短剣を弾《はじ》こうとする。

手数が多くとも、メノウの読み通りだ。

『導力：接続――教典・三章一節――発動【襲い来る敵対者は聞いた、鳴り響く鐘の音を】』

鳴り響く【力】の鐘が、マノンの影を蹴《け》散らした。

邪魔するものをなくしたメノウが短剣を振り下ろす。マノンは扇で受けようと構えた。不意打ちを優先したメノウは導力強化すらしていない。これならばそらせるだろうという動きだった。

それは甘い考えだ。

『導力：接続――短剣・紋章――発動【突風】』

互いの武器がぶつかるより先に、メノウの短剣から発生した突風が上から下へとマノンに襲い掛かる。風にあおられて地面に叩きつけられたマノンへのマウントポジションを即座にとって、メノウは教典をマノンへと突きつけた。

殺《や》れる。

勝利を確信した一撃の瞬間にも、メノウはひとかけらも油断をしていなかった。

なぜならば、この場に『万魔殿《パンデモニウム》』の姿がない。トドメを刺そうという教典魔導を編みながら、いつ、どのような横やりが現れても対処できるように周囲を警戒していた。

だから、背後に人の気配が現れても即座に反応できた。

不意を突かれたという驚きよりも、やはり来たかという手ごたえ。とっさにマノンから離れたメノウは、一切の遅滞なく勢いのまま刃を突き刺そうとして――

「――は？」

刃の先には、サハラがいた。

修道服をはためかせて、ありえないはずの人物が当然のように立っていた。掌に乗るサイズの立像ではない。実寸大の、正真正銘生身のサハラだ。

目を疑った。予期のしようがない人物の登場に、刃の切っ先が驚きに揺れる。

なぜ、いまここで、サハラが肉体を持って動いているのか。

「ごあいさつね、メノウ」

動揺を処理しきれないメノウとは裏腹に、サハラは眠たげな瞳で右腕を振るってメノウの刃を弾いた。衝撃に流されメノウの体勢が崩れる。ぎちり、と音を立ててサハラの鉄腕が握られた。

「これは、人のことを荷物の底に押し込めてくれたお返し」

メノウの胴体に、サハラの拳《こぶし》が叩き込まれた。

教典に宿る前にそうであったように、彼女の右腕は銀色の導力義肢になっていた。鉄腕による一撃は、腕が体を動かしているかのような不自然なものながら、導力強化をしたモモの拳に匹敵《ひってき》した。

「ぐっ……！」

苦悶《くもん》に顔が歪《ゆが》む。衝撃を緩和するために足を浮かしたのは、悪手だったのかもしれない。思った以上の威力に、メノウの体は身動きの自由が利《き》かない宙高くに飛ばされた。

どうして、サハラがここに、生身で現れたのか。空中で姿勢を制御しながらメノウは少しでも情報を集めるために視線を落とし、原因を発見した。

サハラの腰元には万魔殿《パンデモニウム》がいた。メノウの視線に気がついたのか、にぱっと笑った幼女が手を振る。

やってくれた。

サハラに肉体を与えた方法を察して、メノウの顔が引きつった。マノンと同じだ。いや、厳密な方法は違うのかもしれない。だが似たような所業であることは間違いない。万魔殿《パンデモニウム》が原罪魔導を用いて、サハラに肉体を与えたのだ。

「これ、返すわ」

着地する寸前に投げつけられたのは、メノウの教典でありサハラが宿っていたはずのものだ。

「確かに前は『処刑して』って頼んだけど、いまは、そうね」

『導力：素材併呑――義肢・内部刻印式魔導式――』

サハラの義肢が、導力光の輝きを帯びる。展開された魔導に従い、掌に光が集中する。

「殺せるものなら、やってみろって気分」

『発動【スキル：導力砲】』

『導力：接続――神官服・紋章――発動【障壁】』

放たれた光が直撃する寸前で、メノウは神官服に刻まれた紋章で障壁を発生させる。斜めに展開させた障壁に、導力砲は上空へと逸らされた。

辛くも致命打は逃れたが、着地した時には万魔殿《パンデモニウム》も含めた三人はメノウの間合いの外だ。

「はじめまして。マノン・リベールです。素敵な腕ですね！」

「私はサハラ。元、修道女よ。嫌いなものはメノウとモモ。いまはメノウに一発かませて、とっても気分がいいの」

二人は、のんきなことに自己紹介をしていた。初対面のくせにマイペースな辺り、気が合っている。眼前の様子を見る限り、前々から示し合わせていたというわけでもないらしい。

「……ずいぶんと、仲がいいようで」

メノウが吐き捨てる。この短い間に、どういう経緯でサハラが万魔殿《パンデモニウム》と接触したのかは不明だ。

マノンが着物の袖をはためかせて、ひらりと手を振った。

「どうです？　いまからでも、仲よし三人組になるというのは」

考慮する価値もない。マノンの言葉を無視し、サハラに呼びかける。

「サハラ。マノンについて行っても、ロクなことにならないわよ」

「あなたについて行ったらお得、みたいな言いぐさね」

　サハラが腰に義手を当て、首を傾ける。

「おとなしくしていたって、よくて焼却処分。悪くて実験動物扱い。もともと私は禁忌扱いなら、こっちにつくのが正解だとは思わない？」

　反論の言葉が出なかった。おとなしくメノウについて来たところで、サハラにはなんの益もない。サハラが自分で動くことができず、彼女の存在を知る者がいなかったからこそ後回しにしていたのだが――万魔殿《パンデモニウム》が、なんらかの手段でサハラの存在を感知したようだ。

　二人。

　メノウの処刑の手から逃れた少女たちをにらみつける。

　勝てない相手ではない。

　冷静に戦力を分析する。

　サハラの実力はわかっている。マノンもいま戦ったばかり。二人を合わせても、メノウに分《ぶ》がある。不確定要素なのが万魔殿《パンデモニウム》だが、彼女は本来の力のごく一部――小指でしかない。

　純粋概念【魔】は生贄を捧げていなければ真価を発揮できない特性がある。マノンは先ほど導師《マスター》と遭遇した際に『町を一つ潰した』と言った。また『この町に来たのは休養のため』とも。導師《マスター》との戦いで生贄を消費したのならば、ここで力を溜める予定だった可能性もある。だとすればこの状況は、万魔殿《パンデモニウム》の小指を捕らえる千載一遇のチャンスだともいえた。

　慎重に、息を吸う。集中力を高める。

勝てる。迷いを捨て、勝算を持って息を吐いた瞬間だった。

とん、とメノウの背後に硬いものが突きつけられた。

「やあ、私の娘になにをしているのかね？」

ぞ、っと背筋が粟《あわ》立った。

後ろに誰かがいる。いくら前の三人に集中していたとはいえ、背中になにかを突きつけられるまで、相手の存在に気が付けなかった。その事実に戦慄する。

背中に突き付けられた感触は、筒状のなにかだ。おそらくは、導力銃。この至近距離で発砲されれば、防ぐのは難しい。

メノウは全神経を背中に注《そそ》ぎながらも、何気ない口ぶりを務めて維持してマノンに語り掛ける。

「……マノン。あなたの父親って、生きていたかしら」

「いえ、その変な人の発言は聞き流してください」

いつも穏やかな笑みを湛《たた》えているマノンが珍しく真顔で答える。だが背後を取られている現状、メノウが男の言葉を無視することは不可能だ。

メノウの背後で、男が口を開く。

「君が『陽炎の後継《フレアート》』か。彼女の弟子とは、お目にかかれて光栄だ」

「……あなたは？」

「はっはっは。君に正体を告げる義理は――」

「その人は『盟主』ですよ」

　にっこりと笑ったマノンが暴露する。味方からの横やりに、もったいぶっていた男が黙り込む。

「……マノン殿。その、なんというか、私にも立場というものがあるのですぞ。格好をつけさせてほしいというかなんというか……」

「知りません。少なくともあなたの立場が、わたくしの父親でないことは確かです」

　すがりつくような懇願を、ばっさり袖にする。

　そんなふざけた会話をよそに、メノウはほとんど死を覚悟していた。前には侮れない敵が三人。そして背後をとられて、凶器であろうなにかを背中に突き付けられている。

　玉砕覚悟で動くしかないかと覚悟を固めるメノウをよそに、『盟主』はこほんとせき払いを入れた。

「さて『陽炎の後継《フレアアート》』。君と戦うつもりはなければ、命をとるつもりもないのだよ。実を言うと、『陽炎《フレア》』の弟子である君とは一度腰を据えてじっくり話したいと思っていたのだが……こんな出会いが最初とは至極残念だ。おとなしく引いてくれると嬉しい」

「できない、と言ったら？」

「ははっ」

男が笑った。闇《やみ》から這《は》い寄る蛇に似た、静かに絡《から》みつく笑い声だ。
「それはないよ。君は、私がどのような人間か知っているだろう?」
背後で、くつくつと笑う声が響く。
彼の言う通り、メノウは『盟主』のことをよく知っていた。いまの状況は致命的だ。
背後から突きつけられた導力銃らしき感触。気配を気取られずにいた手腕。そしてなにより
も警戒を煽《あお》るのは『盟主』が長期にわたって導師《マスター》と戦い続けた人物であるという事実だ。
「私のことをよく知っている人間こそ、私の言葉を無視できない。知っているということが時
に枷《かせ》となる。往々にして賢い人間ほど身動きが取れなくなる。無知は罪だが、賢人は時に愚
者よりも選択肢を違《たが》える。そういうこともあるだろう?」
ただの脅しなのかもしれない。なにかを仕込む時間などなかったかもしれない。
だがメノウは知っている。この男の所業を、知ってしまっている。導師《マスター》と渡り合った悪辣
さを伝え聞いている。それ故に、警戒することはあっても無視することができない。
「さ、私たちを見逃してくれるかな?」
舌打ちをこらえて、頷く。ここで自分の命を懸けても無駄に散らすだけだ。前にいるサハラ
の不満そうな顔を見る限り、相手から退いてくれて助かったともいえる。
「それはありがとう! ああ、安心したまえ。背中に突き付けていたのは、ただのステッキだ
よ? 導力銃などという武骨なものは持ち歩いたことがなくてね」

おどけた声に今度こそ舌打ちが出たが、その言葉すら信用ならない。『盟主』はメノウの背後をとったままだ。立ち尽くすメノウに、マノンが気楽に別れの言葉を投げかける。

「ここはいったんお開きですね。また遊んでくださいね、メノウさん」

「ざまぁないわね、メノウ。……ああ、そうだ。親切にも忠告してあげる」

その自由を取り戻したサハラが、いままでの鬱屈を晴らすように皮肉を飛ばす。

「この町ではきっと、あなたが思うように進む事柄は、一つもないわ」

三者三様で好き勝手なことを言って立ち去る彼女たちを、見逃すしかなかった。

四章　逃亡の終わりが

モモたちが逗留《とうりゅう》している温泉街は、山に囲まれている。

人々が安らぐ温泉街から山を一つ越えた先。ロクに拓かれてもいない山中に、怪しげな建物があった。人目から隠れるように存在しているその建築物は、禁忌の魔導を研究するための場所だ。研究所に集まる彼らは、既存とは異なる新しい魔導の開発研究を行っていた。

過度の魔導研究は第一身分《ファウスト》によって禁じられている。だからこそ深く学び、好奇心が旺盛な研究者ほど禁忌に近づく。第一身分《ファウスト》が定める範疇《はんちゅう》では探究心が収まらずはみ出した人間が集まり、人目を隠れたこの地で試行錯誤を積み重ねていった。

そこが、二人の少女に壊滅させられていた。

「まったく。ばーかじゃないですかね。新しい魔導を成立させるなんて、第一身分《ファウスト》以外で成功させたって話は聞いたことがないですよ。それなのにこんなところにせっせと引きこもっているなんて、物好きにもほどがありますね」

ここ数日、手配屋から聞き出してきた情報をもとに片っ端から悪党の居所に殴り込みをしているモモの声は晴れやかだ。『第四《フォース》』の集会所となっていた場所はあらかた潰《つぶ》し、今度は山中に彼らが支援していた禁忌の研究所があると知って現場に乗り込み研究員を血祭りにあげていた。

　彼らの研究データにざっと目を通したモモは、愛らしい顔が憎たらしく見えるほどの嘲笑《ちょうしょう》を浮べていた。

「こんな研究をしようって時点で、研究者としても負け犬だってわかりますね。まったく、ザコどもが無駄な研究に時間を費やしてごくろーさまって感じですよ」

「ふうん？　この人たち、無駄な研究をしてたの？」

「そうですよ。野良《のら》の研究者がどーこーできるもんじゃないんです。実現できないことに血道《ちみち》を上げて人生を棒に振るとか、バカですよねぇ」

　肉体を打ちのめしただけに飽き足らず、かわいらしい笑顔の罵倒《ばとう》でぺきぺきと心を折っていく。残酷な会話によって研究所にいた彼らは精神的にも追い込まれていった。

「さて、あとは騎士にでも通報しておけば終了です。だいぶ、この辺りも平和になってきましたね。私も第一身分《ファウスト》として誇らしい限りです」

　まるで善行をしましたみたいな顔をしながら、ぽいっとぼろきれ同然となった被害者を投げ捨てる。研究所をあとにしたモモの足取りは、すっきりとした軽いものだ。その横を歩くアカリは複雑な心境を抱えていた。

　アカリといる時は機嫌が悪くて態度も悪いモモだが、暴《あば》れたあとは機嫌がよくなるというどうしようもない特徴があることを察していた。

特訓と銘打った実戦修行なのだが、アカリよりもモモが殴り飛ばしている人間のほうが明らかに多い。モモの鬱憤晴《うっぷんば》らしに付き合わされているのではと邪推してしまう。

「暴れるのはモモちゃんの趣味だからいいんだけどさ……もうちょっと思いやりをもてない？」

「これは仕事ですけど？　そして、お前の訓練のためです。思いやりの塊ですね」

「うっそだぁ。絶対、モモちゃんが一番楽しんでるじゃん」

しれっと自分の正当性を取り繕うモモに半眼を向ける。

二つ結びにしてある桜色の髪。アカリの生まれた世界では染めでもしなければまず見ない色だが、この世界の人々の髪色は多様だ。遺伝子だけではなく魂から発生する導力が影響を与えるらしい。髪の色を見れば性格の傾向がわかる、という簡易診断もあるほどだ。

実際は日本でいう血液型での性格診断以上の意味はないらしいが、割とあてになるのではないかと、アカリはこっそりモモに視線を向ける。

赤系統の暖色は、自分勝手な激情家。

いつぞやのループでメノウから聞いた豆知識だ。他はどうだか知らないが、少なくともモモにはぴったり当てはまる。

「それにしても、魔導の研究ってそんなに難しいものなの？」

「いま存在している系統を発展させるのだけでも困難なのに、新しい魔導形態だなんて、ほぼほぼ不可能ですね。少なくともここ数十年は聞いたこともありません。二十年くらい前にできて教典にも組み込まれた映像魔導が直近じゃないですかね」

「ふうん？　じゃあ、たまには新しいのもできるんだ」

専門的な話はよく知らない上、そもそも興味がない。だからこそアカリは何気ない雑談として問いかける。

「そういう新しい魔導って、どうやって生まれたの？」

「どうやってって、そりゃ……」

もの知らずの質問に答えようとして、モモが言葉に詰まった。

直感で魔導を発動させることができるアカリとは違い、モモは紋章学や素材学といった『魔導の基礎』とされる学問を学んで紋章魔導や教典魔導を扱っている。

だが、あくまで実践的な知識を叩き込まれたため、それらの学問の歴史については習った覚えがなかった。

知識不足のモモの様子に、アカリが目ざとく気がついた。

「あ、モモちゃんも知らないんだー。あれだけ偉そうに言ってたのに、勉強不足じゃん」

「……うるさいですね」

「あはは、モモちゃんってばほっぺた膨らませてわかりやす――あいたぁっ!?」

不貞腐《ふてくさ》れたモモのほっぺをつつこうとして、べしりと叩き落される。アカリははたかれた手をさすりながら、ちらりと横目でモモを観察する。

この町で一緒に過ごすうちに、アカリはモモへの印象をいくらか変えていた。

もとは余計なお邪魔虫だと思っていた。メノウにぴったりついて来て、アカリのことを敵視する少女。それ以上の印象はなかった。そもそもアカリとモモの接触は多くない。どの場合でも、基本的にモモはアカリから隠れてついてきたからだ。

だから、ここまで交流期間が長くなったのは初めてのことだ。

「モモちゃん」

「なんですか」

モモは意外なほどちゃんとアカリに接してくれた。

むちゃくちゃなようで完全に暴走はしない。アカリに対する敵愾心《てきがいしん》は本物だが、話しかければ答えてくれる。いまだに一回もアカリの名前を呼ばないのは少しかちんとくるものの、本物の悪意と比べれば、モモの態度はかわいらしいとすら言えた。

アカリは、メノウの命さえ救えればそれでいいと、周囲を顧《かえり》みることをしなかった。モモのことだって、そうだ。

必要ではなかったと思っていたところに、取りこぼしが多くあった。

それを知ってしまったから、アカリは不満を呑《の》み込《こ》んで彼女が知らないかもしれない情報を伝える。

「あのさ……わたしが異世界に帰れる手段があるかも、って言ったら、どうする？」

「はい？」

モモが怪訝《けげん》そうな顔をする。

「誰《だれ》から聞いたんですか、そのデマを。私の知っている限り異世界送還の魔導はありません。いまさっきも言いましたが、新しい魔導なんてものはほいほいと作れるものじゃないんですよ？」

「えっと、リベールの事件の時でさ。わたし、ちょっとだけ万魔殿《パンデモニウム》と会話をしたの。その時に、『異世界に帰る方法がある』って言われたんだよね」

「……『万魔殿《パンデモニウム》』に、ですか」

会話どころかバトルをして一方的に負けたのだが、嫌味が増えそうなので割愛する。

アカリからの情報に、モモの瞳《ひとみ》が動揺に揺れた。

「だとしたら、それは……本当にあるのかもしれません」

万魔殿《パンデモニウム》は千年近くほころびもしなかった封印によって外界と遮断されていた。その彼女があるというのなら、異世界送還の魔導が確立されたのは最近の話ではない。

千年前から、あり続けた技術だ。

「わたしが言うのもなんだけど『万魔殿《パンデモニウム》』が嘘《うそ》を吐いているとか、そういうことはないの？」

「人災《ヒューマン・エラー》は嘘を吐きません。人災《ヒューマン・エラー》に限った話ではありませんが、精神が摩耗すると嘘を吐くという理性的な思考ができなくなるんです」

人災《ヒューマン・エラー》とは、人の形をした概念だ。一見して人格があるように感じられるが、それは上っ面のものでしかない。

人災《ヒューマン・エラー》を動かす衝動は、魂を犯し尽くし、精神を擦り切れた果てに肉体を支配した概念だ。

「帰れるかもしれないっていう手段は、先輩に伝えようと思わなかったんですか？」

「だって知ったの、今回が初めてだったし。それまでは普通にメノウちゃんに殺される以外の方法があるって思わなかったたし、無理に戻る必要もないかなって思ってたんだけど……考えてみれば、わたしがこの世界からいなくなるっていうのも、メノウちゃんが生き延びる方法になるんだよね」

万魔殿《パンデモニウム》が解放されたのは、今回が初だったのだ。彼女からの情報など、他のループにあったはずがない。

「お前は、帰りたいんですか？」

「ん？　別に帰りたくはないよ？　ほとんど覚えてない世界に帰ったって、嬉《うれ》しくもなんともないもん。それくらいなら、メノウちゃんに殺されて、メノウちゃんの記憶に残ったほうが、ずっといいんだけど……メノウちゃんが生き残れるなら、わたしが日本に戻るのもありかなって」

「……それで、いいんですか？」

「そりゃ、いいに決まってるじゃん」

すでにアカリにとって、日本は大切ではない。メノウが死亡するたびに記憶を消費して時間を戻して来た彼女の主観では、すでにこちらにいる時間の方が長い。

モモは自分の思惑がうまくいっていることを悟る。

アカリの記憶は確実に削れており、破滅に近づいている。なくなってしまった記憶への執着心すらない。執着心が浮かぶほどの思い出は、とっくの昔に削れ切っている。トキトウ・アカリは——遠からず純粋概念を暴走させる。

だが、なぜか、嬉しいという感情は湧《わ》かなかった。

なにかを言おうとして口元がわななき、結局一言も発しないまま閉ざされる。

それでいい。なんの問題もない。計画通りだと自分に言い聞かせたモモは、素っ気ない口調で質問する。

「でも、どうしてそれを私に言おうと思ったんですか？　お前は、帰りたくはないんですよね」

「モモちゃんって生意気で口も悪いんだけど、なんだかんだで頑張ってくれてるし。意外とかわいいとこあるよね」

「なんですか急に。気持ち悪い」

モモが顔をしかめる。その反応を見て、アカリはくすりと笑った。

モモのことは好きではない。年下の癖《くせ》に生意気だし、口が悪いし、態度も悪い。メノウにかわいがられているのもズルいと嫉妬心《しっと》が湧く。

だけどアカリとモモは大切な人間が、一緒なのだ。ここまでの旅程で少なからぬ共感を抱いてしまった。

だから彼女に託せるなら別にいいかなという気持ちも生まれていた。

アカリはもともと、メノウに殺されたかった。自分の死がメノウを助けることになると同時に、必ずメノウの記憶に残ることになるからだ。メノウは、きっと自らの手で殺した人間のことを忘れない。彼女が自分の心に刻む墓標に加わりたかった。

だが。

「わたしがいなくなっても、メノウちゃんが一人にならないのなら、違う手段でもいいかなって少しだけ思ったの」

言葉のまま、そう思った。だから素直に告げる。

「メノウちゃんだけじゃなくて、モモちゃんもいるなら、二人で私の思い出を話せるでしょ？」

なんで、とモモの口が小さく動いた。

「お前、は……」

「ん？　どしたの？」

「……いえ」

葛藤が見え隠れする。なにか言おうとした台詞《せりふ》は、途切れたまま告げられなかった。

すぐに表情を取り繕ったモモはなんでもない口調で答える。

「ちょっと……真面目《まじめ》に考えてみます」

「そっか。うん……そっかぁ」

じぃーっと見つめてくるアカリの視線に、モモが居心地を悪そうにする。

「……なんですか？」

「んーん？　べっつにぃー？」

なぜかにやにやし始めたアカリに気味の悪いものを見る目を向けるが、彼女の表情に変化はない。

「モモちゃんってさ、いままで友達いなかったでしょ。性格、悪いもんね」

「だから、なんですか？」

「んー？　大したことじゃないよ。ただささ」

アカリが口元に手を当てて、くぷぷっと笑う。煽《あお》るのが目的と一目でわかる仕草はうざいとしか表現しようがなかった。

「人との交流経験が少ないから、チョロいのかもって思っただけ」

「……私が、先輩みたいにお前を殺せなくなるとでも？　バカですかお前は」

「えー？　別にそこまでは言ってないよぉー？　モモちゃんったら、ちょっとでもそんなこと考えちゃったぁ？」

モモ顔負けの舌足らずな煽り口調だ。モモは拳《こぶし》を震わせつつも、ここで殴りかかったら負けだと怒りを呑み込む。話題自体が不快だと顔を歪《ゆが》めてそっぽを向いた。

その反応を見て、不覚にも少しだけメノウがモモを後輩としてかわいがっている気持ちがわかった。

モモは自分よりも年下で、まだ十四歳の少女なのだ。

「そっかぁ……まだ、中学生なんだ」

それを実感してしまったからこそ、アカリは小さく後悔を呟《つぶや》く。

「リボンはやりすぎだったかなぁ……」

アカリはモモを都合よく動かすために、当時、彼女の髪を結んでいたリボンを失わせたことがある。ちなみにそれが、過去にメノウからモモへと贈られたものだということは知っていた。

もちろん、いまの言葉を聞かせるつもりはなかった。

だがアカリの無意識の呟きを聞きとがめたモモが、ぴたりと動きを止めた。

「……リボン？」

あ、やばい、とアカリはとっさに口元を押さえた。言わなければ絶対にわかるはずがないことを漏《も》らしてしまった。モモの髪留めがリボンからシュシュに変わったのは、グリザリカ王国にいた間の出来事だ。なんらかの事情で関《かか》わっていない限り、アカリがモモのリボンのことを知っているはずがない。

逆にいえば、アカリがモモのリボンのことを知っているという発言は、あのリボンの焼失にアカリが関わったことを白状したにも等しかった。

「おまッ、お前、いま、なんて、いいました？　リボンを、なんですか？　やりすぎ、た？　なにをッ……ですか？」

モモの声が切れ切れで平坦《へいたん》なのは、必死になって感情を抑えつけている証拠だ。詰め寄る瞳には弾けんばかりの感情を詰め込まれている。いつ激発してもおかしくない密度の怒りだ。アカリがいままでの人生で直面したことのないほどの激怒である。

暴発寸前のモモを前に、にぱりと作り笑いで取り繕う。

「な、なんでもないよ！　大したことじゃないっていうか、うん。モモちゃんが赤いリボンをしてたことなんて、わたしは知らないよ？」

「お前が、どうして、リボンのこと、知ってるんですか？」

モモはアカリの下手クソな誤魔化《ごまか》しを完全に無視した。胸倉《むなぐら》をつかんでガックンガックン揺さぶる。

モモがメノウからもらったリボンを失ったのは、アカリが召喚されたグリザリカ王国で起こった一連の事件の時だ。古都ガルムで大司教オーウェルが張り巡らせた罠《わな》にはまり、その時に竜を模した魔導兵と戦った時、想定外のことが起こった。

リボンを守っていた障壁が、不自然なもろさで崩壊したのだ。

幼少の頃にメノウに贈ってもらったプレゼントを失った怒りで、暴走したモモは暴れに暴れて歴史的な建造物を吹き飛ばした。

「どうりで、どぉーりであの時、炎が障壁を抜けたと思いました……！　絶対にありえないはずだったんですよ！　私が先輩からもらったリボンを守る障壁を展開し損ねるなんてっ。絶対に変だと思ってました！　お前がなんかしたんですね⁉」

「ご、ごめんね？」

さすがにちょっと悪かったと反省しつつあるアカリは、ホールドアップをしながら謝罪をする。

だが安っちょろい謝罪で思い出の品が焼かれたモモが納得するはずがない。

「あれが、どれだけ、大切なものだったか、知ってます？　なによりお前、私と同じ立場になったら許せます？」

同じ立場。

アカリは想像してみた。

もし自分が、メノウに花をあしらってもらったカチューシャを壊されたら。その犯人から

「ごめんね」という謝罪一つでおおらかに許せるのか。

「……無理かなぁ」

「そういうことです」

結論は出た。

モモが抜く手も見せずワイヤー状の糸鋸を振るった。ここ最近では最速の振り抜きだ。

だが目標に命中せず、空を切った糸鋸は地面を削るだけの結果に終わる。

一瞬にして姿を消したアカリに、モモは舌打ちする。【時】の純粋概念での転移だ。無意味に達者になりやがってと、周囲の気配を探る。

後ろだ。気配を捉《とら》えて振り返ると、モモの手から逃れたアカリは、べえっと舌を出していた。

「そんな痛そうなの、食らうわけないじゃん。べー、っだ！」

すとん、とモモの顔面から感情が滑り落ちた。

「殺します」

感情豊かなモモには珍しいほど無表情で拳を握る。殺意が詰め込まれた瞳は、いっそ清らかなほど透明だ。

「やっぱり、情けなんて必要ありませんね。いえ、私からお前への情けなんて最初からありませんけど？　それでも一応、言っておきます。……クルシンデシネ」

「執念深っ。いいじゃん、モモちゃんだっていま頭に付けてるシュシュもらったんでしょ？

それってタイミング的にわたしのおかげって言えなくもないよね。むしろモモちゃん、わたしに『ありがとう』って感謝すべきじゃないかな？」

「よくもしゃあしゃあとそんな言葉を吐き出せますね！　先輩ならどっちにしてもお土産でくれてたはずですよっ。お前の功績なんて存在しませんね！　死ね！」

「そもそも思い出の品とか、ずるいじゃん！　これ見よがしに自慢してるの、ずっと目障《めざわ》りだったんだもん！」

「それが本音ですかぁ！」

もはや自分の計画など知ったことではない。いっそアカリをここで百回殺して、記憶のすべてが削れるまで【回帰】を使わせ殺し尽くして人災《ヒューマン・エラー》化させてやると殺意を握って拳を固める。

傍目《はため》から見ればバカらしく、二人から見れば真剣で本格的な喧嘩《けんか》による追走劇が開催された。


失態だった。

マノンたちに見逃されたあと、アーシュナがいる旅館へと戻る道を歩くメノウは抑えきれないほどの苛立《いらだ》ちと怒りを抱えていた。

とんでもない失態だ。完全にやらかした。ここ数日、処刑人としての仕事が完全に空回りしている。

マノンとサハラ。

二人が二人とも、メノウがとどめを刺して処刑をしたはずが新たな体を得て蘇った。

特にマノンだ。万魔殿《パンデモニウム》を引き連れているというだけで問題だが、彼女自身が厄介な相手として成長しつつある。

それ以外にも考えるべきことが多い。

「魔導の、成り立ち……」

魔導の研究については、メノウも多少は把握している。多くの魔導は現行の技術系統から発展していく。一つの大元となる魔導があり、そこから枝葉を広げていくように技術は広がる。

だが時として、明らかに既存の系統樹から飛躍した新たな魔導としか言えないものが生まれることがある。

新しい系統の魔導を生む研究施設は聖地にすらない。

それでも数十年に一度、新しい魔導が生まれる。研究すらしていないはずの魔導が生まれる理由とは、なんなのか。

メノウでも、はっきり知っている『魔導が生まれた瞬間』がある。

原罪概念魔導だ。

原罪概念は、たった一人の少女の妄想から生まれ、血肉が零《こぼ》れ落ちて広がった。

事実、万魔殿《パンデモニウム》が生まれる以前には原罪概念は存在しなかった。

言い換えれば、純粋概念【魔】を持つ無垢《むく》な少女が、人災《ヒューマン・エラー》となって『万魔殿《パンデモニウム》』になった時に原罪概念魔導が生まれたのだ。

同じことは、『絡繰り世《からくよ》』にも言える。

こちらは世界各地で自立稼働を続ける魔導兵の主であり、世界を擬似構築する原色概念の祖だ。純粋概念【器】が暴走して初めて、三原色の理がこの世界に定着した。素材学を深く学んでいるからこそ、メノウは知っている。導力を流して反応するのではなく、魂を持つもの以外で導力を生成する素材など三原色の輝石以外存在していない。

この二つに関しては、あまりに特殊だと深い考察はしていなかった。なにせ四大人災《ヒューマン・エラー》だ。どちらも禁忌として指定されているものである。

だが。

新たな魔導であることは、確かだ。

東部未開拓領域がどういう世界なのか。サハラがどういう状態だったのか。三原色がどうして世界の擬似構築をし、人の願いに呼応するのか。四大人災《ヒューマン・エラー》が、なぜ同時期に生まれて星に爪痕《つめあと》を残したのか。

そこまでのはずはないと、メノウの脳が仮説を拒否しようとする。

より深く言えば、そこまで異世界人が被害者だとは思いたくなかったし、第一身分《ファウスト》が加害者であるとも思いたくなかった。

だが思いついてしまった仮説が正しければ。

純粋概念の存在は『魔導とはどういうものか』という根源的なものへの回答ですらあり、なにより処刑人の意義にすら関わってくる。

これを知っているとするのならば、メノウの知り合いで答えを得られそうなのは一人だけだ。

「聖地に戻ったら、導師《マスター》に聞いてみないと……」

いくら考えようとも、メノウ一人では答えを確定させることができない。余計なことを考え過ぎている。いったん、頭を冷やすべきだ。

深く、息を入れる。口から肺へと息を入れて胸を膨らませ、大きく息を吐く。

「……よし」

無理やりだが、気分はリセットした。落ち着けた気持ちのまま宿に戻ろうとした時だ。

裏路地から言い争う声が聞こえた。

「やぁーっと捕まえました！」

「は、ず、れ！　捕まってないよ！」

聞き覚えのある気がする声である。メノウの足がぴたりと止まる。

いや、まさか、とメノウは自分の耳の都合のよさに苦笑した。確かにメノウはモモとアカリを探しにこの町に来たが、いまは彼女たちの捜索をしてすらいなかった。純粋に、ただの帰り道である。

それが、通りがかりで見つけられるなんて幸運があるはずがない。あの二人にしても、逃亡中の身だ。普通に考えて目立たないようにしているはずである。

十中八九聞き間違いだが、それでも一応確認するかとメノウは声が聞こえた路地に入る。

「やっぱり殺します。ほんの少しでも仏心を出した自分の甘さが憎くてしかたありません……！」

「殺せるもんなら殺してみれば？　わたしのことを殺せないから苦労してるのにねー！　モモちゃんってばそんなこともわからなくなっちゃったのかな！」

「はぁああ⁉」

聞き間違いではなかった。モモとアカリが、大声で叫びながら喧嘩をしていた。

視線の先で繰り広げられているちょっと信じられないレベルの争いに、メノウはしぱしぱと目を瞬かせた。

偶然にしても出来が悪い。ちょっと眼球が疲れているのだろうか。目と目の間を指でほぐしてから、改めて視線を戻す。

「殺せなかろうが、苦しめるだけなら世の中には拷問っていう手段があるんですからね！　殺してくださいって頼むようにしてくれますよ！　まずはその目障りなおっぱいをもぐところから始めましょうかねぇ！」

「モモちゃん！　自分の成長を諦《あきら》めたらそこで終了だよ！　色々とちっちゃいままでモモ

ちゃんの成長期が終わっちゃうよ⁉」

「誰がそんな話をしましたかこのクソバカがぁあああああ！」

悲しいことに、現実だった。

争いに夢中過ぎて、二人はこちらに気づいていない。メノウに言いようのない疲れがどっと押し寄せる。

それでも、発見は発見だ。

「……モモ、アカリ」

二人の争いが、ぴたりと止まった。

モモとアカリが、ぐぎぎっという錆《さ》びた音が鳴りかねない動きで首をメノウへと向ける。

「……なにをやってるのよ、あんたたちは」

メノウが追いかけてきた目的人物の二人は、間抜けなほどあっさり見つかった。


なんとも言えない沈黙が落ちていた。

大通りを外れた裏通り。人気のない道で三人の少女が邂逅していた。

モモ、アカリ、メノウ。追って追われての状態なのは三人とも承知していたが、こんなアホらしい邂逅《かいこう》になるとは誰一人として予想もしていなかった。もうちょっと、こう、真面目な顔をして緊迫した場面で顔を合わせるはずでは、という期待にも似た予感があったのだ。

モモは悔恨の念に、ほぞを噛む。偶発的とはいえ、大騒ぎをしているところを発見された。油断といえば言い訳のしようもないが、そもそもいまの段階でメノウがこの町にいるとは想定していなかった。いくらなんでも追いつかれるのが早過ぎる。あと二、三日は日数を稼げていたはずなのだ。

だが事実としてメノウはここにいる。

「も、モモちゃん……」

アカリが動揺に声を震わせる。どうするの、と目で訴えていた。

ぐっと拳を握る。

正直、すぐ傍《そば》にいるこの能天気女を殴り殺したい気持ちはまったく減っていない。握った拳を顔面に叩《たた》き込みたい。大事なリボンを燃やしてくれた元凶に、自分の殺意の丈を思い知らせてやりたい。

だが優先順位というものがある。足手まといのアカリを抱えてメノウの相手をするのは不可能だ。そして純粋概念の持ち主とはいえ、このスーパーヘタレ女がメノウを相手にできるとは思えなかった。

とりあえず、アカリをどうにかしなければならない。

アカリへの殺意を飲み込んだモモは、とっさに周囲を確認。この裏通りにそびえる塀を挟んだ先に活路を見つけた。

モモは無言のまま全身に導力光の燐光《りんこう》を帯びる。導力強化をしたモモへ、メノウが警戒の視線を向ける。

だがいまのモモの力が向かう先は、メノウではない。両手でアカリの腰を摑《つか》んで、ささやきかける。

「いまから先輩の視界からお前をいなくするので――全力で逃げろです」

「へ？」

アカリが間の抜けた声を出す。モモがなにをするつもりか、予測できなかったのだろう。モモは彼女の困惑に構わずにアカリを持ち上げる。導力強化をしたモモならば、一人の体重など軽いものだ。勢いをつけて振りかぶり、景気づけのために声を張る。

「飛んでけぇばぁあああかッ！」

ぶん投げた。

「えええええええええええ⁉」

モモによる人間投擲《とうてき》に、アカリが絶叫を上げて宙を飛んだ。

完全に涙目になって遠投されたアカリは、驚くべきことに路地を区切るブロック塀を越えてこの場から消え去った。

ふうっと、モモは一仕事を終えた達成感から額の汗をぬぐう。あの勢いだ。着地の衝撃で死ぬかもしれないが、問題はない。アカリは不死身である。死ぬほど怖い思いをしようが、死にはしない。

人間がすっ飛ぶという光景に茫然としていたメノウが、はっと我に返ってモモへと視線を戻した。

「ええっと……さすがにいまの逃げ方は予想外だったけど、モモ。あなたはどうするの」

怒っている。声の調子からメノウの内心を読み取ったモモは、背筋に冷や汗をかきながら媚び媚びの笑顔を浮かべる。

「えっとぉ……お久しぶりです、先輩ー。後輩のかわいさに免じて、ここは見逃してくれませんかー？」

「却下ね」

「ですよねー！」

もう少し会話に付き合ってくれると思ったのだが、メノウは問答無用で武器を抜いた。

なぜかは知らないが、メノウがいつもより好戦的だ。モモは即座に戦闘モードに切り替える。足止めと言ったからには時間を稼がなくてはならない。会話で引き延ばせれば万々歳だったのだが、メノウにはモモの時間稼ぎに付き合う気はないようだ。

「いまちょっと、イラついているの。抵抗するなら、かわいい後輩とはいえ痛い目に遭わせるわよ」

「手加減を！　手加減を所望しますー！」

処刑人として総合的に考えれば、モモはメノウよりも格下だ。

だが戦闘だけに焦点を絞れば、モモは自分がメノウに劣っているとは思わない。特に近距離戦ならば勝算は高い。導師《マスター》が統括していた修道院でも、戦闘訓練での勝率はモモのほうが高かった。

戦闘技術に関わる能力でメノウに遠く及《およ》んでいないのは、導力の操作技術だ。

空気を茶化そうとするモモに、メノウが早業《はやわざ》で魔導を発動させる。

『導力：接続――短剣・紋章――発動【導糸】』

メノウがアンダースローで短剣を投擲《とうてき》。命中させるためというよりは、モモの動きを絞るための牽制《けんせい》だ。

短剣の柄から発生した導力の糸は、メノウの手とつながっている。短剣を引き戻す前にとモモは前に出た。

導師《マスター》『陽炎《フレア》』から直々に手ほどきを得たメノウは、魔導の構築から発動するまでの速度がおそろしく早い。紋章魔導ならば一呼吸で、教典魔導でも三秒以内に魔導を構築し、発動してみせる。モモとは雲泥の差だ。

モモは戦闘では教典魔導を滅多《めった》に使わない。使う必要がないと思っている。導師《マスター》直轄の修道院でもぎりぎり及第点の成績だった。まったく使えないわけではないが、教典魔導を使用する利点より導力強化で引き上げられた身体能力に任せたほうが手っ取り早いのだ。

モモの教典魔導の練度は、並の神官かそれ以下だ。導師《マスター》『陽炎《フレア》』とも伍するほどのメノウと教典魔導を撃ち合うなど愚の骨頂という他ない。

有利をとれる接近戦に持ち込むため、踏み出した足に体重を預けたのと同時だ。

『導力：接続（経由・導糸）――短剣・紋章――遠隔発動【疾風】』

背後から、突風が吹きつけた。

「わぶ⁉」

たたらを踏みかけたのを、なんとかこらえる。体勢を崩した隙《すき》が見逃されるわけもなく、メノウの膝《ひざ》が胸元《むなもと》に叩き込まれた。

ぎりぎり、両腕でのガードが間に合った。

上半身に衝撃が突き抜ける。モモの両足が宙に浮き、ふわりと内臓を浮かす浮遊感に襲われる。

「あ、っぶなぁ……」

一瞬後に、着地。ダメージはないものの、初手《しょて》から機先を制された。弱気になったらあっという間に負ける。流れを引き寄せるためモモは無理やりでも不敵に笑った。

「さすがは先輩っ。モモは手玉にとられてますぅ。ほれぼれする見事なお手並みですけど……イラついているって、どうしたんですかぁ？」

「いろいろあったのよ。バラル砂漠では後輩にお金を持って逃走されるし、ここに来る途中じゃ使用人の真似事《まねごと》をさせられるし、この町では失態続きだしで、ストレスがたまる事態しか起こってないの。だから、モモ」

　メノウがにっこりと笑いかけてくる。魅力的な笑みに、戦闘中だということも忘れてうっかり見とれそうになる。

「アカリとあなたの問題は、ここで解決したいわ。さっさと投降して全部白状しなさい」

「えへへー、ちょーっとこちらにもいろいろ事情がありましてー。いますぐ先輩の胸に飛び込んで頭を撫《な》でてもらうわけにはいかないんですぅ……」

　ぽりぽりと頬《ほお》をかいて、隙をつくらないように目そらし。

「それにしても、どーやってこの短期間で追いつけたんですかぁ？　お金ないと追いつくのは無理な経路を使ったはずですー」

「お金を借りたわ。アーシュナ殿下からね」

「ええ……」

　いつも金欠に悩んでいる先輩が、ついに借金にまで手を出してしまった。モモの胸においたわしや先輩という憐憫《れんびん》の情が湧く。

「先輩、大丈夫ですかぁ？　借金だなんて……いざという時は、モモに相談してくださいー。先輩に貢《みつ》ぐくらい、なんでもありませんからー！　むしろモモは貢ぎたい派ですぅ！」

「モモ？　あなたのせいだからね？　あなたが勝手に私の資金を持ち出さなきゃ余計な手間は

かからなかったの」

「それはそれ、これはこれですよぉ。あのお姫ちゃまに、借金につけ込んで変な要求をされたりしてませんー？」

「……」

返答はない。代わりに寄越されたのは、苦虫をかみつぶした表情だった。

察するにあまりある反応である。愛する先輩が汚されてしまったと悟ったモモの顔から、ふっと表情が抜け落ちた。

「ちょっといまから姫ちゃまをぶっ殺してきます。どうせこの町のランクの高い旅館にいますよね、あいつ」

「待ちなさい」

「止めないでくださいー！」

制裁に加えていまのメノウの金ヅルとなっているアーシュナをぶっ殺せば足止めにもなる。暴力だ。圧倒的な暴力こそが万事を平和に導くたった一つの手段だと拳を握りしめる。

「貸主であることをいいことに、先輩にあれやこれや要求しやがったうらやま姫ちゃまに天誅《てんちゅう》を！　貸主が死ねば借金もチャラです！　先輩もお得じゃないですかー！」

「待ちなさいって！　大した要求でもなかったわ。ちょっと執事服で男装をさせられただけよ」

「男装の執事服ぅ⁉」

なだめようとして明かした事実は逆効果だ。むしろモモはヒートアップした。

「そ、そんなぁ……！　そんなレアなお姿を、どーして姫ちゃまに見せてモモに披露してくれなかったんですかぁ⁉」

「だからお金の問題だって言ってるじゃない！」

「お金の問題だったらいくら先輩に貢げば任務以外でコスチュームチェンジの要望が通せるんすかぁ！　先輩はお金のためだったらあんなことやこんなこともしちゃうんですかー⁉　わかりましたいまから全財産引き出してきますぅ！」

「変な勘違いをしないで――っていうか、逃がさないわよ。なんで逃げれると思ったのっ」

「ちぇー」

どさくさに紛《まぎ》れて逃走しようとしたモモの足元に、さくっと短剣が突き刺さる。ふざけた雰囲気のまま離脱できなくもないと思っていたのだが、普通に無理だったと足を止めた。

ここで捕まるわけにはいかない。結局は戦うしかないのだ。

フリルの裾《すそ》から糸鋸を取り出したモモは、ワイヤー状の柔軟性を活《い》かして白手袋の上から拳に巻き付ける。

対象を刻むための糸鋸の棘《とげ》は、あくまで『挽く』ためのものだ。導力強化をしたモモの拳を傷つけるほど鋭くはない。ナックルと手の甲に隙間《すきま》ができないよう二重に巻き、余った部分は邪魔にならないよう腕に軽く絡《から》めて這《は》わせる。

そして、導力を流し込んだ。

『導力：接続――糸鋸・紋章――発動【固定】』

糸鋸に刻まれた紋章が、モモの導力に呼応して効力を発揮する。拳に巻き付けて握った糸鋸は【固定】の魔導で強度が補強され、簡易的な篭手《こて》となった。

少しでも距離を空ければ、メノウはすかさず魔導を叩き込んでくる。中長距離戦という選択肢を省く以上、糸鋸にはこれ以外の使い道はない。下手に距離を空けたら、教典魔導を叩きこまれて詰みになる。

拳闘を選んだモモへ、メノウが短剣を突き出した。

リーチはメノウのほうが長い。短剣を突きつけられれば、腕を伸ばしてもモモの拳は届かない。

間合いを詰められなければ攻撃は当たらないという短剣。鋭く牽制されつつもモモは恐れなく踏み込んでくる。刃を潜り抜け、拳撃を打ち込む間合いに入る寸前。

『導力：接続――短剣・紋章――発動【疾風】』

二度目の紋章魔導。今度の強風は正面から吹き付けてきた。

呼吸がしづらい。風圧に目が乾く。嫌がらせのような悪条件を突きつけてくる。しかし、小さくとも影響のある効果を幾重にも重ねるのがメノウのやり方だ。

メノウの短剣に刻まれた紋章は、【疾風】と【導糸】。どちらの効果も必殺には程遠い。発動させるメノウの導力量が平均的なこともあって、単発で勝ち負けを決定づけるほどの威力はない。

メノウの戦闘は、技の威力に比重を置いていない。

人を殺せる一刺しさえあれば、処刑人として事足りる。メノウにとって、魔導はとどめの一刺しのための補助でしかない。戦術の多彩さに、導力迷彩という人の目を欺く技能を織り込むことでメノウの戦闘技術は完成されている。

搦《から》め手を警戒しながら、モモはメノウとは真逆で勝負を決定づけるための一撃を狙《ねら》う。多少は攻撃を受けても、逆転の一撃さえ叩き込めればいい。

じりじりと耐えながらメノウの攻撃を捌《さば》き続ける。ダメージを覚悟でメノウの一撃を食らいながら腕を絡めとろうとした時だ。

メノウの腕を摑もうとしたモモの手が、なんの感触もなくすり抜けた。

「はい⁉」

素《す》っ頓狂《とんきょう》な声を上げたのと、首元に衝撃が走ったのは同時だった。

予想もしていない方向からの攻撃だ。目元に星が散った。視界が真っ白になって全身の力が抜けた。膝から崩れ落ちる。倒れる直前に地面に手をつけたのは、半分以上ただの幸運だ。触覚を頼りに腕力だけで無理やり飛び跳ねて距離を空けた。

「いッ……たぁ！」

「……いまので気絶してくれないと、困るんだけど」

取り戻した視界の先には、言葉通りに困った顔をしたメノウがいた。

モモはずきずきと痛みを訴え始めた後頭部に涙目になりながら、必死に意識を保つ。

短剣の柄を後頭部に叩きつけられた、というのはわかる。問題はその手段だ。

「せん、ぱい！　いつの間に動きながら、そこまで導力迷彩が使えるようになったんですかー！」

「ちょっとずつ練習してたのよ。進歩しないと、優秀な後輩に抜かれちゃうじゃない」

いまのは、本来の腕を導力迷彩で隠し、同時に見せかけだけの攻撃を導力光で形成したのだ。ほんの二カ月前まで静止した状態で周囲の風景に紛れ込む程度の能力だったのが、長足《ちょうそく》の進歩である。

意識していなかったメノウの一撃に耐えられたのは、導力強化の出力のたまものだ。殺意のない一撃だったことが組み合わさって、なんとか意識を保つことができた。

紋章魔導の発動ばかりに気をとられてはいけなかった。メノウは意識誘導が巧みだ。視線での誘導。短剣での投擲で意識を散らし、導力迷彩によって隠蔽《いんぺい》する。あらゆる手段を駆使すれば、正面戦闘をしている相手の不意を突くことすらできる。

十分に承知していたものの、実際に戦うとなると一味違う。メノウの強さを実感しつつも、ここで勝負を決めに来られたら非常に困る。普通に負けてしまうと、時間稼ぎの会話に持ち込む。

「先輩ー」

「なに？　降参する？　いいわよ」

「ありましたよー、記憶」

この段でもまだ優しいメノウに、絶対に無視できない情報を投げつける。

狙い通り、メノウは食いついた。

「記憶？」

「トキトウ・アカリのことです。奴《やつ》は先輩の予想通り時間回帰をしていました。そのうえで、記憶を保持していたことを隠していたんです」

揺らいだ。

敬愛するメノウがアカリのことを聞かされて動揺するのは非常に苛立たしいが、勝ち筋を見つけるためになりふりを構ってはいられない。

「あいつは、これから旅がどうなるかの記憶を持っていました」

「……そう」

静かに、メノウが息を吐く。

動揺はさほど感じられない。まったく想定していなかった、というわけではないのだろう。

事実として、アカリが大規模な時間回帰をしているかもしれないという予測はモモとメノウの間で共有されていた。

その時は、おそらくアカリの記憶も丸ごと回帰されていて、わずかな既視感のみが残っている程度なのだろうという結論を出していた。それが否定《ひてい》された形になる。

「これから起こる未来を強引《ごういん》に変えるために行動を起こしたのね」

「はい」

「なるほど。私にも問題があったのは認めるわ。でも、まずは私に相談するのが筋だったと思うわよ。自由な裁量権が許されているほど、補佐官の立場は軽くはないもの」

「言えないことも、ありますから――」

メノウに相談などしてしまっては台無しだ。これから起こることが、メノウに気がつかれないことこそ重要なのだ。

メノウが、死んでしまう。

そんなメノウを助けるために、アカリは記憶を削り時間を繰り返している。

アカリの献身を知られたくなかった。モモの感情的な思いではなく、その情報がメノウの心理にどんな変化を起こすのかを恐れていた。

知ってしまったら、メノウがアカリを助ける決定的な理由になりかねない。

モモが未来の予定を知ったと聞き、メノウが鋭く問いかける。

「モモ。なにが起こるの？」

「秘密ですぅ」

「そう。まあ、そう言うと思ったわ」

軽口を叩きながら、モモは体勢を整える。多少の情報と引き換えに、なんとか意識は正常に戻った。

「モモ。そろそろ降参しない？　勝手な行動をした処罰は受けてもらうけど、アカリから有用な情報を引き出してくれたなら情状酌量の余地はあるわ」

そういうことにしてもいい、ということだろう。モモは処刑人に分類される神官だが、補佐官でしかない。上官の立場であるメノウの要請を無視しての行動は、裏切り者として厳罰処分を受けるべき所業だ。

「逆に、まだやるっていうのなら、だいぶ痛くなるわよ？」

「先輩からの罰ならもちろん喜んで受けますぅ……けど！　もーちょっと待ってくださいねー！」

会話をしながら、モモは逃げ道を探る。

自分とメノウとの差を楽観視し過ぎていた。正面戦闘なら勝てる見込みがあるかとも思ったが、まず無理だ。どうにか逃走だけでもしなくては。

まだ、なにも解決していない。

メノウの命がかかっている以上、モモは引けない。アカリと引き合わせるわけにはいかないのだ。モモは自分の立場を捨てようと、そのスタンスを崩すつもりはない。

メノウにアカリのことを諦めさせる状況まで持っていく。

それがモモの目標だ。

逃げ切れるか。自問に、苦い感情が湧く。

かなり困難だ。モモが一人で逃げれば済む問題ではない。その後にアカリを回収して、列車に乗ってメノウの追跡を振り切る。全てが上手くいくと考えるのは、あまりに都合がよすぎる。妄想といっても過言ではないな、と苦笑が漏れた。

それでも達成しなくてはならない。

モモに引く気はないと見て取ったか、メノウの戦意が絞られる。焦点を合わされた殺気が、ちりりっとモモの肌に突き刺さる。

戦闘が再開されようとした瞬間だ。

「そこまでだ」

凛とした声とともに投擲された大剣が、二人の間に突き刺さった。

モモにぶん投げられたアカリは、運がよいことに一回死亡することもなかった。

本格的に落下する前に、壁に取りつけてあったダクトに服が引っかかって大幅に減速したのだ。当のダクトが破損して、これいいのかなぁと申し訳ない気持ちになったものの、大きな騒ぎになることなく抜け出した。

メノウの視界から逃れたアカリは、とりあえずモモに言われた通り逃げなくてはと足早に移動し始めた。

「モモちゃん……バカじゃないのかな……？」

性格と同じく控えめとは程遠い彼女の胸に、自分を逃がしてくれたモモへの感謝があふれているなどということはない。というか、ぶん投げられて感謝しろなど無理な話だ。つくづくモモは強引で破天荒であると愚痴りながらも、アカリは足を進める。

そうして歩くこと、十数分。たどり着いた場所で、アカリは空を仰《あお》ぐ。

「ここ、どこ……？」

迷子になっていた。

いまアカリがいる場所は街の場末の、そのまた裏通りだ。モモが知れば口汚く罵《ののし》られること請け合いの状況だが、アカリばかりを責めるのは酷である。なにせ見知らぬ町だ。そのうえアカリは、メノウに追われているかもということもあって、人目につく大通りを避けて行動していた。

人間投擲というびっくり技のおかげで最初から方向の認識が完全にくるっていたこともあり、アカリはどこに出しても恥ずかしくない立派な迷子と化していた。

「どうしよっかな……」

日が傾き始めた空を眺めて、アカリは腕を組んで考える。

万が一、緊急事態ではぐれた際の合流場所は決めてある。この町から列車で一駅の隣駅だ。

そのためには駅に向かわなければならないのだが、道がわからない。これは困ったとアホの子丸出しの顔で悩んでいた時だった。

「お、どーしたよ、おねーちゃん。なんか困ってんのか」

アカリの前後を、柄《がら》の悪い少年がふさいだ。

人数は三人。ただのチンピラとしか表現のしようがない少年たちだ。地元の不良がたむろしているところに、うっかり迷い込んでしまったらしい。

「……誰？」

「ははっ、名乗るほどのもんじゃねーよ」

「ただ、今晩付き合ってくれるなら、名前ぐらいは聞かせてやるけどな」

下品な笑い声を上げながら、少年たちが近づく。

なにせアカリは見た目からして非常に絡まれやすい。強そうにはまるで見えないし、服装が上品にまとまっていることもあって清楚可憐《せいそかれん》なお嬢様に見えなくもないことが拍車をかけている。こんな人目のない裏通りにくれば、変な輩を寄せつけるトラブルほいほいなのだ。

さほど年齢が変わらなかろうが、チンピラ風の彼らが近づけば普通の少女ならば怯《おび》えさせせるには十分だ。少年たちは断りづらい雰囲気へと強引に持っていけると距離を詰めてくる。

だが、アカリはまったく怯えていなかった。

なにせここ数日モモに連れまわされたおかげで実戦には慣れてしまった。こんなチンピラ連中は、ここ数日でモモと一緒になって蹴《け》散らした連中と比べてすら格下だ。

言葉であしらうのもめんどくさい。【停止】の魔導でさっさと止めて半日ぐらいは彫像みたいになってもらおうと、明らかにモモに影響されている暴力思考で指鉄砲を向けた時だった。

「その子は顔見知りでな。手出しは止《や》めてもらおうか」

「あぁん？　誰だ――ぁが⁉」

横合いから登場した人物がチンピラの一人を派手に殴り飛ばした。

乱入者の一撃に気色ばんだ少年たちはとっさに罵声をあげようとしたが、現れた人物を見て恐怖に舌を凍り付かせる。

割り込んできたのは、赤みを帯びた金髪をたなびかせる長身の女性だった。

同じ女でも、アカリとは雰囲気の次元が違う。露出が多い服装だというのに、劣情をもよおすより感嘆が先にくる肉体美。剣を帯びていることから騎士階級の人間だとわかるが、彼女の手に物騒な大剣が握られていなかったとしても、敵に回していけない人種だということは理解させられる。少年たちは捨て台詞も残さず遁走《とんそう》した。

「やあ、久しぶりだな」

助けてくれた相手には、アカリにも見覚えがあった。

一度だけ出会ったことのある相手である。その時はお互いに水着姿だったこともあり、印象に残っていた。

「ええっと、確か……」

「アーシュナ・グリザリカだ。君はトキトウ・アカリだろう?」

とっさに名前が出てこなかったアカリに気を悪くした様子もなく名乗りを上げ、続けて問いかける。

「こんなところで、どうした? この町が療養地とはいっても、裏通りに入って女の子が一人でうろつくのは不用心だ」

「えっと……道に迷ってまして」

えへへと頬をかいたアカリは、せっかくだしと上目遣《うわめづか》いになる。

「よかったら、駅まで案内してもらってもーー」

道案内を頼みかけた時、くきゅるる、とアカリのお腹の虫が大きく鳴いた。

アカリが反射的に自分のお腹《なか》を押さえる。羞恥《しゅうち》に顔を赤くした彼女を見て、アーシュナは人好きする笑みを浮かべた。

「もちろん道案内も引き受けるが……その前に一緒に食事にでも行くか?」

頬に朱を染めたまま、アカリは無言でこくんと頷《うなず》いた。

＊＊＊

「ごちそうさまでした！」

ぱんっと両手を合わせたアカリはぺろりと平らげた料理の食材と調理をしてくれた料理人、なにより奢ってくれた目の前の人物に感謝を捧《ささ》げた。

対面に座るアーシュナは鷹揚《おうよう》に答える。

「いい食べっぷりだ」

二人がいるのは街の大通りにある軽食屋だ。お腹を鳴らしたアカリを連れ、適当に選んだ店の暖簾《のれん》をくぐった。

「ありがとうございます。モモちゃんに追いかけられて、お昼を食べ損ねてたんですよね」

「気にするな。この程度、安いものだ。それよりも、君の話の続きを聞かせてくれ」

「うんっ、モモちゃんってば、ひどいんですよ！」

アーシュナに話をねだられたアカリは、勢い込んでまくし立てる。

アーシュナはアカリのことを『迷い人』だと知っていたらしい。第一身分《ファウスト》の事情もおおよそは理解しており、モモと一緒にいた時のことを話題として求められたのだ。

気持ちの余裕ができたアカリは、この町でやっていたことを話す。悪党退治からモモとの追いかけっこが始まるくだりを聞いて、アーシュナはシニカルな笑みを浮べる。

「ふうん。予想はしていたが、メノウも情けない。それ以上にモモは変わらず直情バカだが……異世界に帰る方法、か」

「モモちゃんはともかく、メノウちゃんは情けなくなんてないですっ。……って、もしかして、アーシュナさん。なにか知ってます？」

アーシュナ・グリザリカ。彼女の姓を聞けば、自分を喚《よ》び出したグリザリカ王国の関係者だということはおのずとわかる。

話の中でアーシュナは召喚に無関係だったことは聞いていたものの、なにか知っているかもと期待の目を向ける。

「そのことは、あとでだな」

「あとで？」

「ああ。いま話すことじゃない」

はぐらかしたアーシュナは口元に笑みを浮かべる。華やかな印象とは違う、ひやりとした温度の微笑だ。

「ただな、トキトウ・アカリ」

「うん？」

「どうしてこの世界にお前たち『迷い人』が来るようになったのか。それを知る人間は、世界に一人もいない。古代文明期より、さらに一つ前の世代のことだ。知る術《すべ》はない。古代文明が興《おこ》る前は異世界人がいなかったのでは、という研究もあるが……残念ながら、四大人災《ヒューマン・エラー》の爪痕が深すぎて歴史をたぐることすら難しい」

　不意にフルネームで呼びかけてきたアーシュナが語りだした内容に、アカリは戸惑う。

「そう、なんですか？」

「ああ。そもそも異世界人がこの世界に来ることに、理由なんてものはないのかもしれん。だというのにこの世界は、お前たちにどこまでも厳しくできている。だから、何度も何度も繰り返される。お前だけの問題ではないんだ。正解か、不正解ではない」

　不思議と説得力のある言葉を切ったアーシュナが、アカリの胸に指を突きつける。

「だからこそ、第一身分《ファウスト》が処刑人を生み続けているということを思い知れ」

　なんの話だったのか。一方的に語られた内容に、アカリは小首を傾げる。

　自分の話したことが、いまは理解されないことを承知していた彼女は、にやりと不敵に笑って立ち上がる。

「さて、食休みもいいだろう。君のご希望通り、これから駅に向かおうか」

　ここにいる彼女にとって、本命はこれからなのだ。

　風を切って投擲された大剣が、モモとメノウの動きを止めていた。

二人の争いの間に割って入ったのは、アーシュナだ。

いつも武装している大剣をメノウとモモの間に投げつけ、二人の行動を止めた彼女は剣呑《けんのん》な雰囲気を纏《まと》っていた。

「よくも私を置いて行ってくれたな、貴様ら」

よほどお冠《かんむり》なのか、びきびきとこめかみに青筋が浮いている。アーシュナの発している怒りが空気を通じてびりびりと肌に伝わってくるほどだ。

第二身分《ノブレス》の王族に生まれ、身分に相応《ふさわ》しく鷹揚とした振る舞いをしている彼女らしからぬ態度である。なにがそこまで彼女を激怒させているのか。心当たりのないメノウとモモは困惑する。

「特にメノウだ。この私の油断を突くとはさすがだ。粛々《しゅくしゅく》と使用人をしていながら、その実は面従腹背《めんじゅうふくはい》だったわけか。無警戒で薬を盛られたのは、果たして何年ぶりになるか……！」

「はい？」

「しかも人の荷物を持ち出してくれるとは……金がないとは聞いていたが、君が窃盗などという低俗な行いに手を染めるとは思わなかった。君の性分が高潔なものだという私の見積もりは、どうやら間違っていたらしい。言い訳があるなら聞くが、どうだ？」

メノウは戸惑いに動きを止めていた。モモが『姫ちゃまに毒を盛って置き去りにした挙句に有り金をぶんどったんですか？　さすが先輩です！』みたいなキラキラした目を向けてくるが、

断じてそんなことはしていない。アーシュナがまくし立てている内容には、まるで心当たりがなかった。

なにせ宿泊を決めた旅館までアーシュナはメノウと共に行動していた。荷物を運んだのは確かだが、それで盗人だと言われるのは心外だ。実際、荷物は旅館の部屋に置いてある。

「殿下。その……意味がわかりません。なにを言ってるんですか?」

「ほう」

アーシュナの答えは短く、鋭かった。

つかつかと歩み寄り、地面に刺さっていた大剣を抜く。

風切り音を鳴らして剣を一振り。針のように鋭く目を尖《とが》らせ、メノウへと切っ先を向けてくる。

「すっとぼけるにしても面白《おもしろ》くないな。つまらない言い訳を重ねるようなら、剣で借りを返してもらおうか?」

愛用の武器を構えるアーシュナの不機嫌は本物だ。アーシュナの大剣は、十もの紋章を内包した導器だ。軽々しく人に向けるものではない。

困惑が深まる。薬を盛られただの窃盗されただのと非難されたが、メノウには覚えがない。まるでメノウがいない間にメノウと交流していたかのような言い分だ。同時に、メノウが旅館に案内していたアーシュナがアーシュナではなかったということになる。

アーシュナがなにか勘違いしているのでは、と眉《まゆ》をひそめる。彼女の言い分は、メノウとアーシュナと瓜二つの人間がそれぞれいない限りはあり得ない。

そんなことができる人間は――……いる。

たった一人、そんなことができる人間を知っている。

「……！」

モモとメノウの二人は同時に事態を理解した。二人して息を呑み、顔を合わせる。

「詳しく、事情を聞かせてください……！」

争いを放棄して、メノウはアーシュナから詳しい事情を聞き出すために詰め寄った。


アーシュナに先導されたアカリは、無事に駅へと到着した。

この町に入る時にも来た場所だ。見知った場所に、ほっと安堵《あんど》の息を吐く。

「先にこの町を出てもいいのか？　モモと一緒だったんだろう？」

「もしなにかがあったら、いったんこの町は出て隣町の駅で合流、って決めています」

はぐれた場合の集合場所が宿泊していた部屋ではなく隣駅なのは、悪者潰しなんてことをしていたからだ。

逆恨みで襲撃を受けるなどしてこの町にいられないような不測の事態が起こってモモとはぐれた場合を想定して、まずは真っ先に町からの脱出を優先しつつ、合流できる場所にしたのだ。

「そうか。なら、私がこれから乗る列車と一緒だな」

「そうなんですね」

それは奇遇だと、疑いもせずに相槌《あいづち》を打つ。

途中、慣れていないアカリを見かねてか、列車の切符もアーシュナが購入してくれた。彼女に案内されるまま駅のコンコースに入って、構内の通路を並んで歩く。

「しかし、こうして並んで歩くと不思議な気分になるな」

「そうですか?」

アカリとアーシュナは初対面ではない。ほとんど会話はしなかったが、大陸西部に来る前のオアシスで顔は合わせていた。アーシュナは存在感がある人物だ。忘れるほうが難しい。

同時に、思う。

何度も繰り返した旅路の中で、アーシュナと出会うのは今回が初めてだな、と。

「そういえば、アーシュナさんってお姫様なんですよね。どうして旅をしてるんですか?」

「ん? ああ、そうか。今回が初めてだったな」

どういうことだろうか。なにが初めてなのか。アーシュナの強気な美貌を見つめながら、言葉の意味を考える。

「グリザリカ王国にいる長女が、今回が最後だと判断したんだろう。その結果、私ことアーシュナ・グリザリカが国外に出ているわけだ」

「はあ」

一緒に食事をした時もそうだが、独特な会話をする人だとアカリは思った。自分本位というか、アカリに台詞の意味をわからせるつもりがない話しぶりである。曖昧《あいまい》な返答しかできないまま、駅の奥に入っていく。

「ほら、この列車だ」

プラットホームの一番奥には、立派な列車があった。

アカリは目を丸くする。五両編成と短いながらも、神聖さを感じる車体だ。アカリでも、これは特別な車両なんだということが理解できた。

「これは専用列車でな。あらゆるダイヤに優先して走らせることができるんだ」

「へえぇー！」

そんな列車を用意できるとは、さすがはお姫様だ。歓声を上げて列車に足を踏み入れると、ふわふわの赤じゅうたんが敷かれていた。沈む感触におっかなびっくりしながら車両に入り、丸々一両が一つの部屋になっている豪勢さに目を丸くする。

「さて、ここが――あん？」

車両には、二人の先客がいた。アーシュナにとっても招かれざる客だったらしく、彼女の顔が嫌悪に歪む。

「貴様らを招いた覚えはないが……」

不満げな声が響く。彼らがここにいるのは、アーシュナの意思とは無関係のようだ。

一人は見知らぬ男性だ。五十代ほどの身なりのいい人物で、紳士服と山高帽を被っている。上流階級の紳士の規範である彼の姿は、気品ある車両によく似合っていた。

男性に見覚えはない。だが、その向かいに座る幼女のことは忘れようにも忘れられない。

『万魔殿《パンデモニウム》』。

リベールで出会った悪魔よりもおぞましい幼女がソファーに座ってアカリを出迎えた。

なぜここに『万魔殿《パンデモニウム》』がいるのか。疑問を覚えるより早く、目の前の人物に人差し指を向けた。

ほとんど反射的なものだ。それほど幼気《いたいけ》な怪物に対する恐怖がこびりついている。アーシュナの憮然《ぶぜん》とした声を聞き流し、アカリの指先に導力光が灯《とも》る。

『導力：接続――不正定着・純粋概念【時】――』

発動させようとしている魔導は【停止】。【回帰】の次に使い慣れていると言ってもいいほど使ってきた魔導だ。

一秒未満で構築、あとは発動するだけ、というタイミングだった。

「やめろ」

「――ぁづっ」

指が、折れた。

アーシュナの仕業《しわざ》だ。アカリが指鉄砲をつくるのに合わせて、一切《いっさい》の躊躇《ちゅうちょ》を見せずに腕を伸ばして指を摑み、なんの迷いもなくへし折ったのだ。

発動寸前だった魔導構築も崩れて霧散する。純粋概念が魂に定着したことにより無意識で魔導行使をできる反面、意識的に魔導構築を維持することができないのだ。

「なに、を……！」

「大体の場合な」

どうして、彼女が自分を攻撃したのか。灼熱にも似た衝撃が引くと、はっきりとした痛みにぶわりと脂汗が浮かぶ。

無感動にアカリの指を折ったアーシュナは、痛みで折れた指を抱える彼女になんの感慨もない瞳のまま語る。

「訓練を受けずに無意識で魔導を操《あやつ》る異世界人の多くは、発動や構築の時に悪癖がある。貴様の場合は、人差し指で魔導対象を指し示す癖だ。訓練と称するなら、その是正くらいはさせろとモモに言ってやれ」

指摘通り、アカリには指鉄砲を向けて魔導を放つ癖がある。狙いを絞るには魔導発動と動作を一致させたほうがやりやすいのだ。

それが隙となっていた。

「だから貴様の攻撃はまるで怖くない。いつ、どこから来るかがわかっている魔導など、防ぐのは容易《たやす》いからな。残る唯一の問題は貴様が死なないということだけだ」

痛みに震えながらも、折れた指を【回帰】して元の状態に治す。自分の攻撃を止めたアーシュナに、とんでもない間違いをしているぞと訴えるために声を張る。

「そういう、ことじゃなくてっ。なんで止めたのっ。その子は、ただの子供じゃないんだよ⁉」

「知っているさ」

あっさりと頷いたアーシュナの輪郭が、ぐにゃりと揺らいだ。

なにが起こったのか、とっさに理解し損ねた。

だが、目の前の現象は、アカリにとっても見たことのあるものだ。

「え――」

理解して、ざあっとアカリの顔が青ざめる。

いまこの時アカリは、グリザリカ王国の古都ガルムで戦った時、大司教オーウェルを襲った恐怖を正確に味わった。

あの大聖堂の地下での戦い。最後の最後で導力迷彩によって姿かたちを変えた時のメノウを見た時の、オーウェルの驚愕《きょうがく》と、絶望を。

「お前如《ごと》きに指摘されるまでもなく、『万魔殿《パンデモニウム》』の危険性くらいは承知している」

相手の返答に淀《よど》みはない。いまの反応など見慣れたと言わんばかりに、指先でアカリの顎《あご》を摑んで持ち上げる。

仕草も口調も、すでにアーシュナのものではなくなっていた。

もはや姿を偽る必要もないということか。アーシュナ・グリザリカの姿が溶けていく。

挑戦的な服装は、格式ある藍色の神官服に。金髪の長髪が、赤黒いショートカットへ。若々しく瑞々《みずみず》しい自信にあふれていた面貌は、渡世によって爛熟《らんじゅく》して世界を嘲弄《ちょうろう》している顔に変化する。

導力迷彩。

人の視覚を欺く、ある種、究極の導力操作。直接的な殺傷能力はゼロ。派手さもない。むしろ目に留まらないことを突き詰めた末にある技術だ。

『陽炎の後継《フレアート》』とも呼ばれるメノウの奥の手だが、彼女以上のレベルで導力迷彩が使える人が、たった一人だけいる。

確固たる精神で己《おのれ》の導力を操《あやつ》り外見を欺き続けていた女の変貌を、アカリは絶句したまま見ることしかできなかった。

「予定外の客はいるが、まあ、いい」

ちらりと二人を見てからアカリへと視線を向け、大きく口を開けて不吉に笑う。

「少し話をしようか、トキトウ・アカリ」

史上最多の禁忌殺しにして、生ける伝説となった処刑人。
導師《マスター》『陽炎《フレア》』が、アカリの前で正体を現した。

五章　そうして追走が始まる

メノウたちは旅館の部屋に戻っていた。

裏路地で顔を合わせた三人は、落ち着いて話を整理するために旅館へと戻ることにしたのだ。

「つまり、こういうことか？」

お互いの事情を聞いたアーシュナは、怒りを不審に変換しつつ、確認を入れる。

「この町の駅に到着した時に、休憩所で紅茶をいれた君は君ではなかった。あの紅茶に眠り薬を盛った不届き者は君ではない、と。少なくともメノウにはその時の行動に心当たりがないんだな？」

「ありません。こちらも確認しますけど、私と一緒に旅館に入った殿下は、アーシュナ殿下ではなかったんですね」

「違うぞ」

メノウは確かにアーシュナに荷物を任され、旅館まで同行した。その時の記憶を、アーシュナが否定《ひてい》する。

「君のことは使用人として扱わせてもらっていたからな。わざわざ出迎えるはずがない。私からすると、君が薬を盛って眠らせた挙句、荷物を丸ごと持ち逃げした盗人にしか見えなかった」

頬杖《ほおづえ》をついている拳《こぶし》が、アーシュナの表情をより不機嫌なものへと歪《ゆが》めていた。

「私は、あの休憩所で眠らされていた。あの不自然な眠気は、間違いなく睡眠薬の類《たぐい》だ。タイミングからしてメノウの偽者が差し出した紅茶が原因なのは間違いない。薬品の類には耐性はつけていたが……ずいぶんと強力なものを盛られたらしい」

ものの見事に騙《だま》されていたと知ったアーシュナは、苛立《いらだ》ちを隠そうともせずに吐き捨てる。

「私たちの偽者がいるな。何者だ？」

認識の齟齬《そご》を埋めた末の結論に、否《いな》はない。メノウも同感だ。メノウとアーシュナの両名に成りすました人間がいる。

「心当たりは、あります」

「変装などというレベルではなかったぞ。小道具で化けたのではなく、完全に私の目を欺いた。その偽者の目的はなんだ？　君と私の仲たがいでも企《たくら》んでいたのか」

「いえ……そういうことではないかと」

鋭い眼光で問いかけるアーシュナの予測を否定する。

あのわずかなタイミングで入れ替わった手際。その際の手口も合わせて考えれば、答えは一人に絞られる。

導師《マスター》『陽炎《フレア》』。

なんの準備もなく、違う二人の人間になりすまして関係性を切り、騙す。そんな芸当がこなせるのは、導力迷彩で姿を偽れる彼女だけだ。

「先輩……」

二人が話し合っているところに、モモが戻って来た。アカリの所在を確認するため、彼女たちの宿に向かっていたのだ。

彼女はアーシュナのことをナチュラルに無視して、メノウへ報告する。

「トキトウ・アカリは宿には戻っていませんでした」

「……そう」

確定だ。

アカリの行方《ゆくえ》がつかめなくなった。メノウも、モモも。

それこそが導師《マスター》『陽炎《フレア》』の目的で間違いなかった。

アカリは、導師《マスター》に連れ去られている。

「話を聞きに行くわよ」

「行かないでください」

このタイミングで連れ去ろうというのなら、導師《マスター》たちはまず間違いなく駅にいる。そう判断して駅に向かおうとしたメノウを引き留めたのは、モモだった。

「モモ？」

「これで、よかったんです」

メノウの神官服の裾《すそ》を掴《つか》んだモモが訴える。なぜか、メノウに向けたものだけではなく、自分自身へ言い聞かせているような口調だ。

「よかったじゃないですかー。全部、導師《マスター》に丸投げすればいいんです」

「なにがよかったの。いくら導師《マスター》でも勝手が過ぎるわ。しかも、意味がわからない。抗議する権利くらいは――」

「トキトウ・アカリが時間回帰をしていた理由は、先輩です」

導師《マスター》に真意を問うべきだとするメノウに、モモがここまで隠していた事実を暴露する。

「あいつのために第一身分《ファウスト》を裏切る先輩を助けるために……第一身分《ファウスト》を裏切ることで導師《マスター》に先輩が殺される未来を変えるために、世界を繰り返していました。それも、複数回です」

「……は？」

モモの言葉を聞いてメノウの胸中に浮かんだのは、困惑だった。

アカリが時間回帰を使用して繰り返している。その事実以上にメノウを当惑させたのは、その理由だ。

「私が、裏切る……？」

「はい」

「アカリを助けるために、第一身分《ファウスト》を裏切る?」

「そうです」

「それで私が導師《マスター》に殺されるって、アカリがそう言ったの?」

「はい」

メノウの問いに、モモは一つずつ頷《うなず》く。

処刑人である自分が、アカリの命を助けるために第一身分《ファウスト》を裏切り、導師《マスター》に殺される。その運命を回避するために、アカリが時間回帰を繰り返していた。

そう言われても、実感が湧《わ》かなかった。

いまさらアカリに友情を感じていることを否定しようとは思わない。だが処刑人として育てられた自分が、異世界人という危険性をはっきりと認識している自分が、それらを全部放り捨ててまで、アカリを助けようとするかと言われれば、違うと感じる。

その動機は、メノウの行動原理としては、おかしい。

「先輩は、いま……トキトウ・アカリを殺せますか? 塩の剣で、じゃなくてもいいです。あいつが復活するとしても、太ももの短剣で、あいつを刺せますか?」

「できるわ」

「言葉だけなら、なんとでも言えます」

できないはずがない。そう返答したメノウに、モモが言葉をかぶせて否定する。

「先輩は、きっとできません。導師《マスター》が来たのがその証拠じゃないですか」

導師《マスター》ならば、間違いなくアカリを殺しきるだろう。疑う余地はない。メノウにできることは導師《マスター》にもできるし、メノウでは思いもつかないことでも導師《マスター》はやってのける。

けれども、メノウにだってアカリを殺せないなどということはないはずだ。マノンとの問答でも似たようなことを言われたが、メノウはそこまで弱くない。弱いはずがない。

自分の進む道を誰《だれ》よりも自分自身が思い知っている。

だというのに、モモは必死に言い募る。

「先輩が、生きてます。導師《マスター》が来て、あいつがいなくなって、それでも先輩は生きています。それ以上のことが、ありますか？」

未来の予定とやらに共感できず沈黙したメノウの態度をどうとったのか。

モモが言うか言うまいか、迷いに視線を戸惑わせてから、静かに告げる。

「あいつも、それを望んでいたんです」

モモがメノウを説得しようとして出した言葉は、きっと、言ってはいけない一言だった。

アカリが、自分が犠牲になってメノウが助かることを望んでいる。

それを聞いた瞬間、モモが明かした未来に納得できなかったメノウは逆に定まってしまった。

「……ああ、なるほど」

いまの一言を聞いて、明らかにいまの自分とズレている違う時間軸の自分の行動原理が腑《ふ》に落ちた。すとん、と心があるべき場所に収まった。

「そういうこと、ね」

メノウが小さく笑った。明らかな自嘲《じちょう》だった。

「ねえ、モモ。やっぱり私、ちょっと導師《マスター》に会いに行くわ」

「だ、ダメですっ。先輩が、死んじゃうんです！　その可能性が、あるんですよ⁉」

「いつだって、あるわよ。処刑人だもの。死ぬ可能性は、いつだってあるの」

「そういう問題じゃありません！」

「そういう問題よ」

メノウは淡く微笑んだ。立ち上がり、ぐうっと一伸び。準備体操をする気軽さを見せて、部屋から出ようとする。

「先輩！」

「私ね、死にそうになったのよ」

制止の叫びに、メノウが何気なく言葉を返した。

え、とモモの口が開く。後輩の戸惑いには応《こた》えず、メノウは少し前の死闘を思い出す。

砂漠での戦いで、敗北の末にメノウは死にそうになった。

「死にそうになった時に、死にたくないって思ったの」

たぶん、生まれて初めてだった。

死にそうになったことは、これまでだって何度もあった。アカリと出会ってからだけでも、オーウェルに追い詰められた時や万魔殿《パンデモニウム》と向き合った時。どれも死んでおかしくなかった。

ただ、死にたくないと思ったのは、あの時が初めてだ。

「モモとアカリの顔が思い浮かんで、死にたくないなぁって思ったのよ」

メノウが手を伸ばす。後輩の、桜色の髪。二つの結び目に触れて、頭を撫《な》でる。自分の贈ったシュシュを付けていることに目元をやわらげ、話を続ける。

「だから、死なないわよ。ちゃんと戻ってくるわ」

モモが、唇を噛む。なにか言おうとして、メノウの顔をまっすぐ見たモモは、なにも言えずに諦《あきら》めた。

説得はできない。だから、上目遣《うわめづか》いで約束をねだった。

「嘘《うそ》、ついてませんよね？」

「私、モモには嘘をついたことがないわよね」

モモが、ちょっと考え込んだ。幼少からいままでの記憶を探って、メノウに嘘を吐かれた思い出に至らなかったらしい。こくんと小さく頷いた。

「じゃあ、私のことを信じなさい」

別に、メノウは死に行くつもりはない。

少なくとも、今日は。

「ちょっと導師《マスター》と世間話をしてくるだけよ。ここでアーシュナ殿下と待ってなさい」

モモを残してメノウはいつも通りの足取りで、旅館を出た。

日が黄金色に傾き始めていた。大通りに、メノウの影が長く伸びる。自分の影を追うようになんでもない歩調で、徐々に足早に、やがて駆け足で。

「ふざけないでよ、バカアカリ」

毒づいたメノウは、アカリのいる場所へと駆け出した。


列車の壁にはめられた大窓から、色のついた日差《ひざ》しが入り込んでいた。地上を照らす太陽は、傾くのに合わせて、黄金色から徐々に赤みを増していく。

列車の車両という閉鎖空間に、四人の人間が集まっていた。

アカリの対面の席には、姿を偽ることをやめた赤黒い髪の神官が座っている。

導師《マスター》『陽炎《フレア》』。アーシュナに姿を変えて、アカリに警戒心を抱かせることすらさせずにここまで誘導して捕らえてみせた。

その他に、招かれざる客が二人いる。

「我ながら最低限の労力でことがすんだと思っていたが……ここで部外者が来るとは、画竜点睛《がりょうてんせい》を欠くとはこのことだな」

不機嫌そうに目を細めた導師《マスター》が二人をにらみつける。

一人は、幼い少女だ。

黒髪黒目の無垢《むく》なる少女『万魔殿《パンデモニウム》』。どこに現れようとも不思議ではない彼女は、とるに足らない悪戯が見つかった子供そのままの無邪気さだ。

そして、もう一人は五十過ぎの壮年の男性だった。『陽炎《フレア》』の視線を受けた彼は、帽子を脱いで謝罪する。

「悪かったね。君とは久しぶりに挨拶《あいさつ》をしたくて邪魔させてもらったよ」

「貴様とは二度と会わんと思っていたがな。死ぬまで引っ込んでいればいいものを、こらえ性のない男だ」

「ふむ、そうかもしれないね。牢獄暮らしだった私と違って、君はあまり老け込んでいないようだ。うらやましい限りだよ、『陽炎《フレア》』。それで？　いまの君は誰の手駒《てごま》になっているのかね」

「わざわざそれを聞きに来たのか？　笑え。【魔法使い】だ」

「ほほう、それはそれは！」

うさん臭い笑みを浮かべていた表情が同情的なものになる。

「さすがに同情するぞ。どうしようもなくどうしようもない奴ではないか」

「まったくだ。【使徒《エルダー》】にロクな奴《やつ》は一人もいないがな」

世間話をしているかのように、言葉が交わされる。『盟主』が、ちらりとアカリへ視線を寄越した。

「それで？　君は彼女を聖地に連れ去り、どうするつもりなのかね？」

「暴走させる」

端的な返答に、びくりとアカリの肩が震えた。

「塩の大地まで連れて行き、暴走させ、処分する。あの時と同じことだ」

「なんで……？」

アカリが思わず口を挟んでしまう。

いま確かに『陽炎《フレア》』は処刑ではなく、暴走させると言った。

本末転倒だ。純粋概念の暴走を起こさせないために、処刑人がいるのではないか。

「お嬢さん。それは、魔導というものがどうやって生まれるか、ということに深く関わっているんだよ。異世界人の転移は恣意《しい》的な召喚か自然現象なものかに関わらず年に数回あるが、その中でも君のようなな――ああ、失礼」

ぺらぺらと軽い口調で話し始めようとした盟主が、導師《マスター》ににらみつけられて口を閉ざす。

「トキトウ・アカリ。お前が生かされていたのは、お前の概念が教典に記すに足ると判断されたからだ」

黙り込んだ『盟主』の代わりに導師《マスター》から出た答えは、アカリには理解できなかった。もともと伝えるつもりのない導師《マスター》は、氷の手触りのする笑みを浮かべる。

「ところでお前、異世界に戻る手段を探しているらしいな。そこの万魔殿《パンデモニウム》から聞いたんだろうが、なかなか愉快なことを考えるな」

　異世界に戻る手段と聞いて、『盟主』は気の毒なものを見る目になった。

　口の軽い『盟主』と違って、万魔殿《パンデモニウム》は不気味なほど静かだ。笑顔のまま話の成り行きを見守っている。

「異世界人を送還する魔導の理論は、存在する。知りたければ、教えてやろうか？」

「知ってるの……？」

「ああ」

　アカリの震える声に、導師《マスター》はぱっかりと口を開けて笑う。

　導師《マスター》は、あっさりと明かした。

「大陸全土の龍脈に匹敵《ひってき》する導力を吸い上げて、大国の領土に匹敵する素材を丸々費やした魔導陣を描き、世界人口の三割の人間を生贄《いけにえ》に捧《ささ》げ、そうして発動した魔導を制御できる人間さえいれば、理論上はこの世界から異世界へと送還することができる」

「……は？」

　言われたことの理解を、脳が拒んだ。

　いま語られたのは、魔導のことなんてなにも知らないアカリでもわかる絵空事だ。明らかに実現できない机上の空論といってもいい。ただただ理論上は可能であるだけで、それ以上でもそれ以下でもない。ジョークとして話題になるならばともかく、真面目《まじめ》な顔で口にすれば正気を疑われる類の話だ。

だというのに、導師《マスター》は大まじめに語る。

「それをやろうとしたのが、四大人災《ヒューマン・エラー》だ」

アカリの視線が、思わず万魔殿《パンデモニウム》へと向けられる。

「頭がおかしいとは思うが、実際、尊敬に値する実行力だ。なにせ千年前は、本当に発動寸前まで持っていったらしいからな。奇跡的なことに、それをできるだけの純粋概念が揃《そろ》って、全員が帰還への意思を強く持っていた。西では【龍】が導力を束《たば》ね、東では【器】が素材を集め、南で【魔】が生贄を収集し、北で【星】が魔導陣の構築をした。いいか悪いかは別にして、この四人は自分たちの世界に戻る門を開きかけた。なあ、信じられるか？」

導師《マスター》の厭世的《えんせいてき》な瞳《ひとみ》が、四大人災《ヒューマン・エラー》と故郷を同じくするアカリを射抜く。

「奴らは人災《ヒューマン・エラー》になる以前に、正気のままそれを行った」

四大人災《ヒューマン・エラー》を知る多くの人は、根本的なところから誤解していた。

東西南北で災厄を残し四大人災《ヒューマン・エラー》と称された彼らは、純粋概念を暴走させたから甚大な被害を発生させたのではない。

正気のまま純粋概念を用い続け、星を抉《えぐ》る災禍を起こした。

「お前ら異世界人が目の敵にされているのは、それが理由だ。喜べ。純粋概念を使用した異世界人の記憶を供給するシステムもあるぞ」

せせら笑いながら、導師《マスター》は千年前に起こった戦禍の真実を語る。

「なにせ、記憶の補塡《ほてん》なんてことができたから、四大人災《ヒューマン・エラー》は普通に純粋概念を暴走させるよりも遥《はる》かに大きな被害を起こしてくれたからな」

異世界に帰る方法を知った異世界人が、犠牲を惜しまず帰還しようとした。彼らを止めようとした勢力との争いが勃発した結果、東西南北に千年続く異様な跡地ができた。

記憶の補塡により純粋概念をほとんどなんのリスクもなく使用できたことが被害の拡大に拍車をかけた。その渦中で人災《ヒューマン・エラー》となって殺しきれなくなり、生き延びているのが『絡繰《からく》り世《よ》』と『万魔殿《パンデモニウム》』だっただけなのだ。

異世界人を暴走させないシステムがあろうとも、関係ない。

四大人災《ヒューマン・エラー》。

異世界人を暴走させないためのシステムが整えられていた古代文明期に、彼らは世界に害をなした。純粋概念を暴走させず、彼らの意思のみで世界を削る猛威を振るった。

だから異世界人は危険なのだ。

「お前たちは害悪だよ。例外を許容できないほどにな」

どのような犠牲を払っても元の世界に帰りたいと願う異世界人がいれば、文明が傾くほどの被害が生まれる実例ができた。その時点で、この世界は純粋概念を宿す彼らを許容する社会システムを維持することができなくなった。

なにも、言えなかった。

アカリの視線は、横に固定されていた。真っ白なワンピースを着た黒髪の幼女。胸元《むなもと》に三つの穴が開いた真っ白なワンピースが窓から差し込む夕日に照らされて、美しい茜色《あかねいろ》に染まっていた。

「……騙したんだ」

あると聞かされた。

少しだけ、希望を持った。

自分が死ねば終わる旅を、ただの寂《さび》しいだけの別れで終わることができるんじゃないのかって、モモとの会話を弾ませた。

けれども、やはりないのだ。

そんなものは、存在してはいけなかった。

「まあ？」

どうせならば、知らないほうがよかった。恨みがましげなアカリの声に、両手で頬杖を突いた幼女が、鳴き声に似た疑問符を上げる。

「騙したなんて、まったくもって心外ね。あたしは一度だって嘘を吐いてないわ。ほんとうのほんとうに、あなたを騙そうとしてすらいないの。だって、ちゃんとあったでしょう？」

列車の座席に腰かけ、床につかない幼い足をばたつかせながら、つんとすましてそっぽを向く。

日本に帰る方法はある。

そう言ったのは、彼女だった。

「まあ、犠牲が必要だっていうことは言っていなかったかもしれないけど、そこはちょっとでも考えればわかることよね。犠牲が必要だったから、あたしたちは世界を滅ぼそうとしたんだもの」

大量の生贄を捧げるために南方諸島を食いつくし、大国に等しい素材を獲得するために大陸東部を占有し、大量の導力を得るために西大陸に赴き、収集したすべてを北大陸に集結させて異世界送還の準備を進め――最強の純粋概念【白】に負けた。

「そもそも、どうしてそんなに落ち込んでいるのかしら。あの時、あなたはいらないって言ったじゃない。自分はこの世界で死ねるって、殺されてもいいっていう友情を抱えているだって言っていたのに……あら、まあ、もしかして！」

両手で口を覆《おお》った幼女が、舞台演技にしてもオーバーな仕草と口調で仰天する。

「死んでもいいって言ったのが、生き残りたくなっちゃった？」

幼い口元が、にまぁっと邪悪に吊《つ》り上《あ》がる。

「でもでも、そうね。心変わりだって悪くはないわ。あなただって人間だもの。死んでもいいって思っていたのが、生き残ってもいいかもしれないと考えなおす。それも素敵な友情よ？

これが映画だったら、ハッピーエンドの道筋に喜ぶ場面。自分が元の世界に戻れるって希望。そうすれば万事が綺麗《きれい》に収まるって期待。なのに、どうしてそんな顔をしているの？」

見るからに上機嫌な幼女は、くすくすと笑う。幼さに似合わぬほど上品なかんばせを、ずいっと近づけ語りかける。

「まさかまさかもしかして、いま聞かされた方法が難しいとでも思ってる？　なら安心してちょうだい。難しいなんてことは、まったくないの。だってあたしは知っているもの」

内緒話でもするかのように、アカリの耳元に口を寄せて息を吹き込みささやいた。

「『絡繰り世』はいまだに東部を三色の素材に変えてくれている。導力なら【龍】の遺産で大陸の地脈が聖地に集結させられている。北に行けば【星】が造った魔導陣も残っているわ。もちろん、生贄はあたしに任せて？」

彼女の言葉に嘘はない。彼女の口からは事実しか語られない。

アカリから体を離した万魔殿《パンデモニウム》が両手を広げる。

「まあまあ、すっごく幸運ね！　あなたに必要なものが、そっくりそのまま残ってるじゃない」

心地よい声色《こわいろ》だ。心を溶かして腐らせる声だ。

万魔殿《パンデモニウム》の一人芝居を、『陽炎《フレア》』と『盟主』は黙って眺めている。真実、世界を滅ぼせる概念がアカリの前で手招きをしているさまに口を挟むことなく観覧し続ける。

「ほぅらね？　この大陸を全部使えば、異世界への門は開くわ。あなたの願いは、まるきり叶《かな》うの。頑張れば、不可能なことなんてないの！　あなたとあなたの大切なおねーさん。どちらも死なない素敵なハッピーエンドが待ってるわ！」

列車の壁にはめられた窓ガラスから夕日の赤みが色濃く差し込む。車両の部屋が、逢魔《おうま》が時《とき》に入り込む。

真白のワンピースを茜空《あかね》に染められて、血の色よりも赤く輝く幼女が両手の人差し指と親指で枠を作って片目をつぶる。

「友のために命を懸ける。友のためなら、世界を滅ぼしたってかまわない」

長方形に作った枠でアカリを切り取りスクリーンとして鑑賞しながら、うっとりとした声で彼女が求めるものをねだる。

「一途で素敵な友情映画を、あたしに見せて？」

アカリは、なにも答えられなかった。

確かに、言った。間違いなく、思っていた。世界よりメノウが大切だし、メノウが助かるために世界が滅ぶのはしかたないと、本気で思っていた。

だが。

ぎゅうっと自分の体を抱きしめる。抑えようもなく、かたかたと全身が小刻みに震える。

世界人口の三割の生贄？　想像すらつかない。

大国の領土？　どれだけの犠牲なのか。

大陸の半分？　覚悟などできるわけがない。

戻るとしたら、犠牲になるものの多さに怖気《おぞけ》を振るう。いくらアカリでも、自分が助かるためにそんな犠牲をよしとは思わない。よしんば覚悟があったとして手に届く単位の話ではない。

アカリが人を殺したことは、一度もない。

だから世界を滅ぼすなんて行為を本当に実行できるほど、ましてや自らの手で大量虐殺などという大それたことができるほど、常軌を逸していない。

トキトウ・アカリは善人だ。

「……まあ」

万魔殿《パンデモニウム》の声から、色が失われた。

みるみるうちに幼い瞳から興味の色が尽き果てる。事前予告のプロモーションの派手さに期待していたのに、開始十分で駄作だとわかってしまった映画を見る目だ。両手を下ろして、だらんと腕を揺らす。

つまらない。

言葉にするまでもなく彼女の瞳が雄弁に退屈を語り、いまのアカリを批評する。

純粋概念【時】を抱える少女は、この世の混沌になりえない。自分を犠牲にすることはできても、この世界に殺戮《さつりく》をもたらさない。それがいま、はっきりした。

両手を後ろで組んで、白いワンピースの裾を翻《ひるがえ》して背を向ける。

「ま、その程度よね」

呟《つぶや》きを終えた時には、彼女の頭からアカリの存在は消え去っていた。

次に見るべき映画のために。

期待外れのフィルムを投げ捨てた【魔】の根源は、誰に止められることもなく車両から出て行った。


万魔殿《パンデモニウム》は立ち去った。

相席していた『盟主』は一連の流れに、口を挟むことはしなかった。

トキトウ・アカリの心は万魔殿《パンデモニウム》の軽い言葉に潰《つぶ》されて折れて砕けた。親友のためにと保っていた信念が、這《は》い寄るささやきに砕かれた。

抵抗する気力もなくなった少女に痛ましげな一瞥《いちべつ》をくれてから、旧知の人物へと声をかける。

「さすがに、寒気がするね。マノン殿と一緒にいる時は、あれで大人しくしているのだが……あの子を追わないのかね、『陽炎《フレア》』。なかなかエキサイティングなことを主張していたぞ？」

「ごく一部のうえに、死なないアレを追ってどうする。マノン・リベールがいれば捕らえてもいいが、小指だけ拘束しても虚しいだけだ」

捕らえる意味がない。なるほど、その通りではある。この場にいた『万魔殿《パンデモニウム》』を見逃していたのも、【時】の純粋概念の心を潰すためだったのだろう。

「それで？　お前はなんの用だ」

「あー、そうだね……うむ。なんだね、『陽炎《フレア》』」

言いよどんだ『盟主』が、ちらちらと導師《マスター》の顔を見る。率直《そっちょく》にいって、気持ち悪い。五十を超えた男がなにをためらっているのか。数度、貧乏ゆすりをして踵《かかと》で床を鳴らした『盟主』は意を決して顔を上げる。

「私たちは、やり直せないかね」

「死ね」

「おおぅ⁉」

導師《マスター》が教典を投げつけた。教典は五百頁以上の分量を誇り、金属補強までされている重量級の書物だ。至近距離で投げつけられた『盟主』は本気で肝《きも》を冷やす。

「いきなりなにを……あ、危ないではないか！」

「次に誤解を招くような気色悪いことをほざいたら、ぶち転がすぞ。……ああ、いいぞ、それを燃やしても。積年の相手だろう？　さっさと燃やせ」

「ははっ……やめておくよ」

苦笑した『盟主』は、教典を差し出す。

彼は教典がどういうものなのか、正確に知っている数少ない人物だ。

「さっきの申し出は、確かにいまさらだったな。……なあ『陽炎《フレア》』。君の弟子と会ったよ」

「そうか」

「そして、トキトウ・アカリと言ったかな。君の弟子『陽炎の後継《フレアアート》』と【時】の『迷い人』との関係は……昔の君たちに似ているよ」

「気のせいだな」

具体的な説明がなくとも、二人の会話に停滞はない。共通の時間を過ごしたもの同士にしか通じない話が交わされる。

「なあ、『陽炎《フレア》』。この世界の真実を知っている者が、何人いるだろうか。真実を知って歪んだ者がどれだけいただろうか。神官にもたされた教典の機能、『主』の正体の真実、使徒《エルダー》どもの歴史を知って生き方を変節させた人間は数多い」

とつとつと語る声色は切実だ。ただ、それを向けられた導師《マスター》の表情に変化はない。

「最強の騎士たるエクスペリオンは思考を止めて【使徒《エルダー》】に下《くだ》った。怪物たるゲノム・クトゥルワはあろうことか『絡繰り世』に味方するため東部未開拓領域に引きこもった。偉大な聖職者であったオーウェル卿はあるべき道を見失って禁忌に身を堕とした。この私とて、世界への反逆という妄執に囚《とら》われている。……そして、なによりもほかならぬ君だよ」

一息いれるために台詞《せりふ》を区切り、『盟主』が問いかける。

「導師《マスター》『陽炎《フレア》』。君は、なにが変わった？」

「なにも?」

返答は、即座になされた。

「変わった覚えなどない。昔からいまに至るまで、私は処刑人であり続けた」

「その通りだ。君だけは、決して変わらないことを選んだ。変わらないことだけが、あの子への贖罪《しょくざい》だと判断したのだろう?」

「くはっ」

導師《マスター》が笑った。口を大きく開けて、せき込むように息を吐いて嘲笑う。興味がない相手、くだらない禁忌を見下げる時に浮かべる彼女の嘲笑《ちょうしょう》だ。

「失せろ、『盟主』。その程度のことしか話せないのならば、牢獄から出るべきではなかったな。結局のところ、お前ではなにも変えられない。それが結果だ」

「……そうか」

帽子のつばをつかみ、深く深くかぶり直す。

未練だとは、言われるまでもなく彼自身が自覚していた。それでも食い下がるべく、問いを重ねる。

「もう名前も呼んでもらえないのかね?」

「ああ。畜生の名前など呼ぶ気はない」

「そうか。……私を、殺さないのかね?」

「喜べ」

導師《マスター》は処刑人としての刃を抜くことすらせず、告げる。

「お前の罪は、すでに『主』に許されている。そうだろう――【使徒《エルダー》：盟主】？」

「……ああ、そうだな」

彼は静かに、『陽炎《フレア》』の言葉を認めた。自分の立場を肯定する声には、一抹の寂しさがこもっていた。

あの路地でメノウを脅かした言葉は、そのまま彼に返ってくる。

知っているからこそ、動けなくなる。知りすぎて、なにもできなくなったのは彼だった。それでも知らねばよかったとは思えないのだから、度《ど》し難《がた》い。

『盟主』は立ち上がる。

古い知人の様子を見にきた。弟子をとったという彼女のいまを知りたかった。今回の用件はそれだけだ。どうせならば寄り道をしてみただけで、自分が彼女を変えることができるなどとはうぬぼれてはいなかった。

もし『陽炎《フレア》』を変えることができたとするならば二十年も昔の、あのひと時に、ただ一人。

【光】の純粋概念を宿した彼女だけだった。

「次、か」

『盟主』は車両から出て、プラットホームをゆっくりと歩く。

自分はなにもできなくなってしまった。欲しいと思っていた世界を変える権利を手に入れた瞬間、すべてバカバカしくなった。

だからマノンという少女が目の前に現れた時、ついて行った。自分が動くのではなく、彼女の手助けをするくらいならば自分の意思が介在することはないと、自分自身の行いを許容できた。

導師《マスター》『陽炎《フレア》』は変わらない。彼女は処刑人として完成されている。

「でもな、『陽炎《フレア》』」

ふと、立ち止る。

駅に一人の少女が駆けこんできた。淡い栗毛を黒いスカーフリボンで結んだ神官だ。目が合った。

彼女は自分のことを知っている。だが時間が惜しいのか、騒ぐこともなく奥に向かった。

迷いのない彼女の背中を見送って、感慨深く目を細める。

「君の弟子はまだ、違うんじゃないのかな」

ようやく訪れた『次』に期待を込めて、そう呟いた。


駅の構内に『盟主』の姿があったが、相手をする暇がない。彼の存在を無視して、メノウはアカリの姿を捜す。プラットホームを見回れば、明らかに場違いなものがあった。第一身分《ファウスト》専用の護送列車だ。

予想以上の大仰なものを見て、メノウは驚くより先にあきれてしまった。なにせ通常の運行ダイヤに割り込んで優先される権限がある特殊車両である。本来ならば第一身分《ファウスト》の中でも大司教の位《くらい》にある人物が移動する時にのみ利用許可が下りる列車だ。

それをどうやって用意したのか。メノウでもいくつか手段は思いついたのだから、導師《マスター》ならばあっさりと実現させるだろうと納得した。

この車両の中にアカリがいることは疑いようがない。

メノウが入りこむのは難しくなかった。

この車両は、運行させるための人数が極端に少ない。というよりは、機関室以外に人がいなかった。まさしくアカリを聖地にまで連れて行くためだけに運行する列車である。

見張りすらろくにいないのだから、侵入は容易だった。

機関員の神官と世間話をするために話して、侵入経路を確認。導力迷彩で姿を消して潜り込んだ。メノウも第一身分《ファウスト》だ。どうやら導師《マスター》から詳しい事情は聞いていなかったらしい。彼女たちのメノウに対しての警戒は薄かった。

一度入ってしまえば、あとは姿を隠す必要もない。隠れる気もないメノウは、迷わず車両のドアを開けた。

「どうした、メノウ」

許可もなく入ってきたメノウを見る導師《マスター》に、慌てた様子はない。殺意はおろか、敵意すら見せなかった。座席から腰を浮かせることもなく、メノウに呼びかける。

「久しぶりだな。なんの用だ」

「そこのバカを」

メノウは薄く微笑んで、導師《マスター》の対面に座るアカリを指さした。

「迎えにきました」

「そうか」

導師《マスター》はあっさりと頷いた。顔色を変えたのは、むしろアカリのほうだ。

「残念だったな。トキトウ・アカリの任務は私に引き継げ」

「私の任務を取り上げる理由を、聞いても？」

「お前が気にすることか？」

「あの子を連れてきたのは私ですし、これから先の予定も立てていました」

「あの子、なぁ」

意味ありげに言葉尻を捕らえた。メノウは特に不満も言わずに導師《マスター》を見つめる。

「引継ぎの理由は簡単だ。お前はトキトウ・アカリに騙されていた」

アカリには世界を回帰させる前の記憶があった。それをもとにメノウは行動を誘導されていたのだと指摘をする。

「ここまで騙されていた奴に任せることなどできん。まだモモの独断のほうがマシだ。少なくともモモは、トキトウ・アカリの意思に気がついたからな」

きれいな建前《たてまえ》だ。アカリを引き取るための反論は難しいことを悟り、話題を転換させる。

「それでしたら、同乗させてもらえませんか？　トキトウ・アカリの任務が終わったら、しばらくは聖地で休養でもとろうかと思っていたんです」

「お前はいつからこの列車で運ばれるほど偉くなった」

メノウの要望は、一言で両断される。

「仮にもこの列車は、大司教の位階にいる者のみに使用許可が下りているものだ。お前如《ごと》きは乗せられんな」

そんな特別列車に、どうして一介の導師《マスター》である『陽炎《フレア》』が乗っているのか。自分のことは棚に上げて皮肉を飛ばす。

「聖地に行くなら、歩け」

どうやら楽はさせてくれないらしい。それもそうか、と肩をすくめる。

「それとメノウ。お前には別の仕事を与える予定だ」

「仕事、ですか」

「ああ、この近くに原罪禁忌で壊滅的な被害をこうむった町がある。万魔殿《パンデモニウム》とマノン・リベールの気まぐれで甚大な被害を受けたところだ。お前はそこの再建を手伝え。下種《げす》の企みなどない、まじりっけなしに人助けの慈善事業だ」

座ったまま、導師《マスター》が足を組んで嘲笑《あざわら》う。

「好きだろう、そういうの？」

まじりっけなしの慈善事業。

聖職者としてふさわしい仕事で、処刑人としての役目からはかけ離れている役目だ。

このタイミングでそんな任務を押し付けられたメノウは、表情を変えることなく頷いた。

「わかりました」

「ああ、そうしろ」

「ただ……最後に、そいつと話していいですか。言いたい文句が、そりゃもう溜《た》まりに溜まってるんです」

「好きにしろ」

許可が出た。さらに意外なことに、導師《マスター》が席を立つ。

見張りもしないつもりなのかと、メノウは目を丸くする。

「導師《マスター》？」

「くだらんものを見聞きする趣味はない」

問いかけるメノウにそれだけ告げて、導師《マスター》は二人を置いて車両の外に出た。

気がつけば、二人きりになっていた。

メノウがアカリの隣に腰かけたのを、アカリはうなだれたまま見守った。

導師《マスター》『陽炎《フレア》』が現れ、メノウが自分を追うようにしてやって来た。その事実が、アカリの精神に追い打ちをかけていた。

「メノウちゃん……」

ずっと黙り込んでいたアカリは、のろのろと口を開く。

「放っておいてよ」

「なにいじけてるのよ。そっちが勝手に出てったくせに」

「知らない。知らないから、放っておいて」

「モモから聞いたわよ。記憶、あったんだってね」

アカリの胸が、ずきりと痛んだ。それを知ってか知らずか、メノウはすねた口調になって膝《ひざ》を組む。

「よくも騙してくれたわよね。黒幕気取りで私の行動を操ってたつもり？　ま、気がつかなかった私が間抜けって言われれば、反論のしようもないけど」

バレてしまった。隠そうとしていたものを全部、知られてしまった。

だが、まだダメになっていない。

膝の上で、ぎゅっと拳を握る。

なぜかは知らないが、今回の導師《マスター》『陽炎《フレア》』は、メノウを殺そうとしていない。正確にいえば、メノウが第一身分《ファウスト》から離反することを明確にする前にアカリの回収に来た。

導師《マスター》の真意は知らない。だがここでメノウが自分を助けようとしなければ、メノウが生きる道は残っている。アカリは必要以上に口調を尖《とが》らせ、メノウを邪険にする。

「じゃあ、なおさら放っておいてよ。やっと、わたしがメノウちゃんのことを助けられるのっ」

自分の言葉に押されて、アカリの感情が次から次へと流れ出す。

「ほんとうに、やっとだよ。何回も、何回も繰り返した。それで、やっとだもん。だからもう、どっかに言ってよっ。メノウちゃんを頼って、なんの解決になるの⁉ なんの解決にもならないじゃん！」

「私に頼ってもなんにも解決にならないっていうのが、私に隠していた理由？ 自分勝手ね」

「そうだよっ」

顔を真《ま》っ赤《か》にして、感情のままに言いたてる。

「きれいに終わる解決の方法なんて、ないよ？ いま、メノウちゃんのお師匠さんに言われちゃったもん。日本に帰る方法も記憶を補てんする仕組みも、あるけど、あっちゃダメなんだよ。あっちゃだめだって、わたしが納得させられたもん……！」

ここまで来たメノウを追い払うために、強い言葉を使う。

「だからも、もう、メノウちゃんは関わらなくていいよっ。メノウちゃんって、いつも人のことを助けようとしてさぁ……それで、死んじゃって……わたしが感謝だけしてるって思ってる？　バカ言わないでよ。友達が自分のせいで死んじゃうなんて、嫌に決まってるじゃんっ。わたしはさぁッ、メノウちゃんに死んでほしくないの！」

正しいも間違っているもわからない。ただ激情のまま自分の気持ちを吐き出す。

「何回も繰り返したのは、わたしのせいじゃないっ。メノウちゃんの自己犠牲のせいだよ！　だから放っておいて！　よりにもよってメノウちゃんに、自分勝手だなんて言われたくなひゃい⁉」

支離滅裂になっていたアカリの絶叫が遮《さえぎ》られた。

メノウが、ぐにーっと彼女の頬《ほお》をつまんで引っ張ったのだ。

「ねえ、アカリ。教えてあげるわよ。前の私とやらが、どうしてあんたを助けたのか。もしかして、あんたのためだなんて調子に乗った勘違いをしてるんじゃないでしょうね」

「ち、違うの？」

「違うわ」

きっぱりと否定したメノウが、ぐいっと顔を近づける。

「あんたが私を守ろうだなんて思ったからよ」

アカリも、モモも勘違いしたことだ。

アカリに友情を感じたから、裏切った。アカリの話を聞いたモモは、そう判断した。もともとメノウには、情に傾きかねない素養があった。

そんなことはない。

だってメノウは自分の感情のために行動できるほど、自分に価値を見出していない。

「アカリ。私は、悪人よ」

どうしようもなく積み上げた業《ごう》を自覚している。血に濡《ぬ》れた赤い足跡を思い知っている。

だからこそ、だ。

「私はね、アカリ。私のための犠牲なんて、許せないの。私がどうして処刑人になったのか、知ってる？　知らないでしょう」

メノウが処刑人になった時の過去を告げる。

「私以外の人を助けるためよ」

メノウは悪人だ。人を殺して生きてきた。人を殺して生きる道を進んだ。

悪人の自分には、誰かに助けられる価値なんてない。助けられる価値がないはずの自分のために命を懸ける人間こそが、許せない。

「悪人の私を助けようとして死ぬ人を、絶対に許せないの」

たとえ、自分が死ぬことになっても。

過去、幾度もメノウが死んだ動機は、それだけだ。

メノウはアカリの頬から指を話す。むにょんと伸びていたほっぺたが、ふよんと揺れてもとに戻る。

じんじん痛む頬を、アカリは無意識でさすった。

「メノウちゃん……」

「なに？」

「メノウちゃんって……変な子だったんだね？」

「黙りなさい」

「あいたっ」

メノウはすまし顔で、アカリのおでこにデコピンをお見舞いする。

そして痛そうにデコを押さえたアカリに微笑みかける。

「いいのよ、それで」

メノウが席を立つ。別れの気配につられてアカリも立ち上がると、メノウは懐《ふところ》からアカリが忘れたものを取り出す。

白い花をあしらった、カチューシャ。

彼女にねだられた品をアカリの頭に乗せて、軽く髪を整える。

「これからあんたを追いかけるために準備がいるから、ちょっと遅れるけど……今度こそ、いい子で待ってなさいよ」

ここで首を振れば、メノウは諦めるだろうか。

一縷の希望があるかもしれないとメノウの瞳を見て、あ、無理かぁと諦めた。

「……うん」

しおらしく頷いたアカリは、カチューシャに手を当てる。

メノウが、まっすぐ自分のことだけを見てくれている。

こんな目をしたメノウの言葉を、自分は断れない。自分はメノウに勝てないんだって、どうしようもなくわからせられた。

「待ってるからね、メノウちゃん」

二人きりの列車の中で。

メノウとアカリは、先に続くための約束を交わした。


アカリには、一つだけ言わなかったことがあった。

自分が第一身分《ファウスト》を裏切れた理由。うしろめたさを振り切れたわけ。それは、悪人たる自分を助けようとする意志が許せないから、だけではない。

罪に対する罰が、はっきりとしていたからだ。

「なんだ、一人か」

車両から出たメノウに声をかけたのは導師《マスター》だ。

「そりゃ、一人ですよ。モモは連れていませんし」

導師《マスター》が無言のまま口端を吊り上げる。そういうことではないという意思が伝わってくる笑みだ。

導師《マスター》には、いますぐメノウを殺す様子がない。いまのメノウは、まだ裏切り者ではないからだ。処刑の対象になるような禁忌の確固たる証拠を見つけなければ、彼女は処刑を執行しない。事実、メノウはいまここでアカリを奪還するつもりはない。なんの準備もなく、導師《マスター》の眼前で事を起こせる蛮勇は持ち合わせていなかった。

導師《マスター》は、骨の髄まで処刑人だ。

だからこそ、メノウは安堵《あんど》する。

裏切っても、間違っても、たとえメノウが禁忌に堕《お》ちたとしても。処刑人としての道を踏み外した時、必ず罪を罰として裁いてくれる人がいる。

入念な準備を施《ほどこ》し、全力で抗《あらが》おうとも、勝利することができない。地の果てに至ろうとも、逃れることができない。圧倒的な理不尽な理不尽が人の形をして立っている。

メノウにとって天罰に等しい存在が、悪になった自分へ、正当な罰を必ず下してくれると絶対的に信じられる。

罪に罰がくだることへの保証が、どれだけメノウの心を楽にしているか。

「では、失礼します」

とぼけたままやり過ごそうとするメノウに、導師《マスター》は冷ややかな微笑を浮べた。

「どうせならばいまここで連れて逃げればいいものを。警戒のしすぎだな。どうやらお前には、私が『万魔殿《パンデモニウム》』のようなバケモノにでも見えているらしい」

「いえ、まさか」

いまの否定に嘘はない。導師《マスター》が『万魔殿《パンデモニウム》』のようなバケモノだなんて、とんでもない。

メノウにとって『陽炎《フレア》』の名は『万魔殿《パンデモニウム》』よりも格上だ。

「なあ、メノウ」

メノウの返答にどんなニュアンスをくみ取ったのか、導師《マスター》が口を開いて笑う。

「私は不老不死でもなければ、最強無敵でもない。この短剣の魔導紋章はたったの二つ。他の持ち物は教典だけ。特殊な能力といえば導力迷彩くらいなものだが、その精度もだいぶお前に追いつかれたようだ」

導師《マスター》の手持ちの魔導はよくよく知っている。

彼女のすべては、メノウに叩《たた》き込《こ》まれている。戦闘技術という面で、弟子のメノウに隠された手法はほとんどなかった。

「導力量も異世界人はおろか、モモとも比べようがないほど少ない。お前と大して変わらない程度だ。現役《げんえき》を引いて久しいから、体も随分となまっている。体力は、若いお前と比べる気もにもならん。歳《とし》は取りたくないものだ」

ある意味では、事実なのだろう。真実、素体としての能力値ではメノウと導師《マスター》にほとんど差異はない。

「私は、大して強くない」

どうしてだろうか。

まぎれもない事実を根拠に弱さを語っているのに、不思議と彼女の強さばかりが際立《きわだ》つ。

「それに比べて、お前はどうだ。ここ数カ月、ずいぶんと大した連中を退けてきたじゃないか。第一身分《ファウスト》でも指折りの魔導者にして大司教の座を戴いたオーウェル。四大災害の一角『万魔殿《パンデモニウム》』の小指。『絡繰り世』が生んだ願望人形、三原色の魔導兵。そうそうたるメンツだ。私が現役の頃だって、そんな強敵と正面から戦ったことなど数えるほどだ。私は間違いなくそいつらよりも弱い」

メノウがアカリと出会ってから挙げた成果を述べる。どれもこれも大金星と言っていい。単独で彼らと立ち向かって生き残れる人間が、どれだけいるのか。

「成長したお前と戦えば、私はきっと負けてしまうのだろうな」

導師《マスター》は事実を語っている。

確かに導師《マスター》は、メノウが戦ってきた禁忌より弱いのかもしれない。能力で見れば、導師《マスター》はおそらくメノウが戦ってきた敵の中でも弱い部類に入る。メノウでも、十分勝ち目はあるはずだ。

同時に、だからなんだと乾いた感情が浮上する。胸から浮き上がった想《おも》いが顔面に張り付いて、苦笑という形でメノウの表情を彩《いろど》った。

「でも」

己の弱さを告げた導師《マスター》に、メノウは応える。

「導師《マスター》なら、全員殺せましたよね」

自分は殺し損ねた。万魔殿《パンデモニウム》は平気な顔をして生きているし、マノンやサハラといった禁忌を犯した少女たちにトドメをさしたと思っていたのに逃げられた。大司教のオーウェルだって、メノウ一人で相対したら完封されていた。

導師《マスター》はなにも言わない。彼女のつまらなさそうな瞳だけは、いまも昔も変わらない。

メノウにとって、世界で一番勝ちがたい相手こそが、導師《マスター》だった。

「導師《マスター》」

「なんだ?」

「私はいま、きっと生きる道を間違えようとしています」

「そうか」

「あなたと同じになりたいと願ったはずの私が、そんな道を選ぼうとしています」

自分が始まった白い故郷。赤黒い神官とともに歩いてきた旅路は、気がつけば、遠い記憶になっていた。最初の内は比べてばかりいたのに、いつの間にか思い起こすことも少なくなった。

導師《マスター》との旅が自分の核になっていることに変わりはない。

ただ鮮烈に胸に湧き上がるのは、昔の旅路をなぞるように歩いてきたアカリとのどたばたと旅の思い出だった。

「いまなら選びなおせることは、わかっています。でも、ですね」

選択肢はあると知って、だからこそメノウは赤黒い神官をじっと見つめた。

「清く正しく強い、そんな、悪人な神官になります」

それを聞いた導師《マスター》が口を大きく開けて笑った。

「お前は、ほんとうにバカだな」

「それは……はい」

我知らず、メノウの口元に微苦笑が浮かぶ。

「自分でも、そう思います」

それ以上の問答はなかった。

導師《マスター》がメノウに背を向け、車両に入る。しばらくして列車が動き始める。導力機関が駆動し、きらきらと輝く導力光をたなびかせる。遠ざかる最後部を見送るメノウが導力光を目で追えば、二つの色に分かれていた空が映った。

赤色と、藍色。正反対の色が、せめぎ合うように空を彩《いろど》っている。徐々に藍色に傾き、やがて星が瞬《またた》き始めた空は、感嘆の息が出るほど美しかった。

導師《マスター》とアカリが乗った列車は、もう見えない。

先へと続く線路と美しい空を見ながら、メノウはこれから行くべき道筋の果てしなさを思い、一言《ひとこと》。

「死にたくは、ないわね」

生きる道を見出すために、目を細めて呟《つぶや》いた。

エピローグ

Epilogue

白く整えられたプラットホームに、列車が停まっていた。

世界中から巡礼者が訪れ、すべての第一身分《ファウスト》が一度は必ず訪れる都市にして聖地。

その地に一つだけある列車の停留所は、一般人の立ち入りが禁止されている。そもそも定期的なダイヤは存在せず使われること自体が稀《まれ》だ。

列車から降りたのは赤黒い髪をした神官だ。

およそ一カ月ぶりに聖地に戻ってきた彼女を出迎える者がいた。

「……ようやく来たか」

導師《マスター》をぎろりとにらみつけたのは、ひょろりとした体格の老女だった。声には老いを感じさせない力強さがある。壮麗ながら清廉な衣装は、彼女の地位が大司教にあるということを示していた。

大司教エルカミ。

世界でもっとも名の通った人間の一人だ。だが、彼女が聖地を守護する大司教であることは知っていても、彼女が【使徒《エルダー》】であることを知る者は、決して多くない。

加齢によってやせ細った両腕で教典を抱えるエルカミが、力強い瞳《ひとみ》で導師《マスター》をにらみつけた。

「執拗なまでに連絡がつかなかった言い訳は用意しているんだろうな、導師《マスター》『陽炎《フレア》』」

「悪いな、【魔法使い】。知っているだろう？」

世界の頂点にいると表現しても不足のない相手に対して、導師《マスター》はあからさまに面倒そうな顔のまま、ひらひらと教典を持ち上げて皮肉を飛ばす。

「この教典は、壊れているんだ」

白々しい言い訳に、【魔法使い】と呼ばれたエルカミの柳眉が引きつった。

反射的に叫び返しそうになったのをぐっとこらえ、一呼吸。うなるようにして問いかける。

「……まあ、いい。それで？　例の【時】は捕らえたのか？」

「列車の中にいるぞ。そのうち出てくるから、勝手に連れて行け」

「マノン・リベールと『万魔殿《パンデモニウム》』はどうした。遭遇したのだろう？」

「さあ？　逃げたままだ。どうしてるのかは知らん。好き勝手にしているだろう」

「この無能がっ！　あんな小娘を始末することもできんのか！」

老齢の喉《のど》から放たれたとは信じられない大喝に導師《マスター》は肩をすくめる。

反省の色すらない仕草だ。エルカミが忌々《いまいま》しく舌打ちをする。

「教典にその方を宿らせているからとて、調子に乗るなよ」

「知るか。こっちもいい迷惑をしている」

「貴様……！」

火を噴くような眼光を向ける。導師《マスター》は堪《こた》えた様子もなく、ふいっと視線を外す。

「ほら、来たぞ。あれがトキトウ・アカリだ」

列車から出て来た黒髪の少女が、無言のまま二人をにらみつけていた。

反抗的な目だ。万魔殿《パンデモニウム》に心を折られて死んだ目をしていたのが、わずかな間で息をふき返した。ここに来るまでに逃げ出そうとしなかったのが不思議なくらいの態度だ。

「こいつを連れて、さっさと『塩の剣』を使えば終わりだ。あそこに向かうための転移陣の起動は？」

「……一週間はかかる。それまで待機していろ」

「長いな。前もって準備はできなかったのか？」

「動かせる人員も限られている。そもそも、この計画を知れる者が少ないっ。それに貴様の勝手な行動を加えれば、どう算段をつけろと言うのだ！」

「そうか、大変だな」

エルカミの怒り具合に、どうせなら血圧が上がって死ねばいいのだが、と導師《マスター》は冷めた目で見返した。

聖地を守護する大司教エルカミ。またの名を【使徒《エルダー》：魔法使い】。

おとぎ話の称号を持っているものの、彼女の性根は俗人だ。大司教という地位に昇りつめたとは信じられないほどに、姑息で矮小な性格をしている。

あるいは、己《おのれ》を俗物だと承知していたからこそオーウェルのようにならなかったという面もあったのは、皮肉としか言いようがない。

「一週間か」

アカリを連行するエルカミの背中を見送りつつ、導師《マスター》は期限の日数を音にする。

今回のメノウは、あの時のメノウと、よく似た目をしていた。

——新しい、魔導……？　そんなことのために、アカリを、ここまで連れてこさせたんですか？

——そうだ。

——そう、ですか。

一度目のメノウとのやり取りが、鮮明に思い浮かぶ。聖地までアカリを連れて来て、そこで純粋概念【時】をどう扱うか知った弟子は、反旗を翻した。

ならば、やはり来るのだろう。

「さて、メノウ」

皮肉に口元をゆがめる。

何度も何度も繰り返して来た。メノウの死は、いままでやり直しが効いた。それを許容したのは純粋概念【時】を削るためであり、新たな魔導となりうる概念の収集のためだ。

それは、もう十分に行った。トキトウ・アカリの人災《ヒューマン・エラー》化まで、あとはもう一押しだ。

「次は、ないぞ」

今回の弟子殺しが最後になることを、導師《マスター》『陽炎《フレア》』は知っていた。


メノウは出発の準備を進めていた。

旅館でアーシュナに別行動になることを告げ、モモの宿泊していた宿に移った。そこで改めて荷物を整理しているメノウに、モモがおそるおそる声をかける。

「あの、先輩」

「なに？」

「導師《マスター》に言われた町に行くんですよね」

「行かないわよ？」

さらりと返答する。

「聖地に行くわ。復興活動には、いくらでも相応《ふさわ》しい人がいるもの」

「ふ、普通に……普通に、戻るだけですよね」

「まさか。……いいのよ、モモは残っても」

「……一緒に行きますよぅ」

「ふうん？　アカリに情でも湧《わ》いた？」

「それだけはありえません。先輩のためです」

からかってみれば、必要以上の仏頂面が返ってきた。これは意外に的を射てしまったかもと、モモの性格をよく知るメノウは微笑ましい気持ちになる。

「ねえ、モモ」

「なんですか、先輩」

「魔導は、どうやって生まれたものだと思う？」

「えっと……」

突然の話題に虚を突かれた顔をする。

それは少し前にアカリにも聞かれた質問だ。モモは困った顔をして答える。

「それは……わかりません」

「そっか」

メノウは、わかりかけていた。

『万魔殿《パンデモニウム》』を連れるマノンとのやり取りで、『絡繰り世《からくりよ》』の影響を受けたサハラの状態の変化を見て、なによりも導師《マスター》『陽炎《フレア》』との対話とアカリが暴露した事実を聞いて。

「きっと魔導っていうものは、どうしようもない生まれかたをしているわ」

「そう、なんですか？」

「ええ、きっと、そうなの」

モモからアカリが記憶を保持したまま何度も時間回帰を繰り返していたと知らされた時から、メノウは考えていたことがある。

導師《マスター》『陽炎《フレア》』が、たかが一人の純粋概念の持ち主程度の暗殺に何度も失敗するはずがない。たとえアカリが不死身でも、時間を回帰するような魔導を使えようとも、導師《マスター》ならば必ず適応して対処してみせる。

だから導師《マスター》には明確な意図があってアカリに繰り返させていたのだ。アカリに【力】を使わせ続ける意味があった。

魔導の始まりが、なんなのか。

生きとし生けるものに宿る【力】、それが導力だ。

その力を試行錯誤の末に操《あやつ》って魔導という概念を人類は得ることができたのか。

たぶん、違う。おそらくは順序からして、違う。

この世界の住人が自力で獲得したのは、導力強化までだ。魔導なんてものは、きっと、概念すら存在すらしていなかった。

「魔導の始まりは、異世界人の持つ純粋概念よ」

純粋『概念』。

原罪概念も、原色概念も、紋章魔導も教典魔導も、この世界に来た異世界人がもたらした。

彼らが、どうしてこの星に召喚されるようになったのかはわからない。

だが異世界人が来るようになってから、導力を介した彼らの魂に概念が定着して、無意識に使用できる魔導として星の概念として表舞台に引き出された。

彼らの魂に内包された概念が引きはがされるのは、人災《ヒューマン・エラー》として暴走した時だ。暴走すると同時に、一人の人間にとどまっていた概念が魔導現象として世界に遍在するようになる。

だから導師《マスター》はモモを放置した。アカリに純粋概念を使わせ続けたモモの行動は都合がよかったのだ。

導師《マスター》の狙《ねら》いは、アカリの人災《ヒューマン・エラー》化だ。

【時】の純粋概念を、時間魔導として世界に落としこもうとしている。

モモから聞いた話では、最初に塩の大地までたどり着いた自分はアカリを助けようとして導師《マスター》に殺されたのだという。

それは、きっと違う。

その時の自分は、逆にアカリを殺そうとしていたのだ。

アカリを人災《ヒューマン・エラー》化させるくらいならば、殺してしまったほうがいい。それが処刑人の本分でもある。自分の生き方と感情が一致したからこそ、一度目のメノウは導師《マスター》の意思に反した行動をとった。

導師《マスター》の裏をかいて、自分の手でアカリを殺してしまったほうが、まだ救いがあると塩の大地に踏み込んだ。

二回目以降の自分は、メノウを守ろうとするアカリに腹を立てて。一回目の自分は、アカリがアカリであるまま殺そうとして――導師《マスター》に処分された。

「この世界は、確かにどうしようもないわ」

メノウは導力光を浮かび上がらせる。導力迷彩の応用で、この大陸の地図を投影する。

導力の、光。

この発光現象は、暗闇《くらやみ》にあって輝くからこそ『導く』『力』と呼ばれた。

【力】の語源を承知の上で、メノウはあえて違う解釈を告げる。

「この力はきっと異世界人を――『迷い人』を、導く力なのよ」

あの列車でアカリが連れ去られるのを見送ったものの、メノウは諦《あきら》めたわけではない。

これからはじめるのだ。

泥にまみれて、血を浴びて、手段を尽くして、悪意を持って――結局、自分ができることは誰《だれ》かを殺すしかないんだな、と自嘲《じちょう》しながらも。

自分たちが生きる道を、切り開くために。

「行くわよ、モモ」

「はい、先輩」

処刑少女は、生きるための道を歩きはじめた。

あとがき

この度《たび》の四巻も、イラストレーターのニリツ様と担当編集のぬる様の尽力、関係各所の皆様の後押しにより刊行できました。感謝の嵐です。

なぜかエピローグが「俺たちの戦いはこれからだ！」と言わんばかりの締めになっていますが、ご安心ください。五巻に続きます。

さて、最近の話題といえば無関係な人間がいないコロナです。読者のみなさま、コロナ禍はご無事にやりすごせていますでしょうか。過去に『コロナ』というキャラ名を使ったことのある作者はコロナウィルスという命名に微妙な気分になりつつも「生粋《きっすい》の引きこもり属性インドア派オタクの我《われ》は引きこもるのとか楽勝」とか勝ち組を確信していました。

……予想外に、きつかったです。

気晴らしが自粛させられるのはなかなかにつらいものがありますね。まだ収束する気配がない現状、皆様もストレスを溜めすぎないように、心軽やかにお過ごしください。

しかしながらどうしてもインドアにならねばいけない昨今、彩《いろど》りを加える情報を一つ。

コミカライズですよコミカライズ！

ヤングガンガンにて、三ツ谷亮《みつやりょう》先生による「処刑少女」のコミカライズが連載開始となっています！　２号連続巻頭カラーという豪勢さで始まり、時に華麗に時にコミカルにと、コミカライズ版のメノウやアカリ、モモたちの一コマ一コマが素晴らしい出来なので是非とも連載を追いかけてくださいませ！

自分の書いた小説にイラストが付くというのも無上の喜びで、毎回どうしようもなく心が躍ります。

コミカライズしていただくというのは初経験ですが、自分もお客になれるようなワクワク感がありますね。

小説のほうでも、読者の皆様と五巻でお会いできればうれしいです。

それでは！

迫るタイムリミット。
アカリ人災化《ヒューマン・エラー》への
カウントダウンが始まる。

処刑少女の生きる道《バージンロード》5

—約束の地—

好評発売中

ヤングガンガン/マンガUP！

ガンガンGAにて

コミカライズ

ファンレター、作品の
ご感想をお待ちしています

〈あて先〉

〒106－0032
東京都港区六本木2－4－5
SBクリエイティブ（株）
GA文庫編集部 気付

「佐藤真登先生」係
「ニリツ先生」係

本書に関するご意見・ご感想は
右のQRコードよりお寄せください。

※アクセスの際や登録時に発生する通信費等はご負担ください。

https://ga.sbcr.jp/

処刑少女の生きる道《バージンロード》4 —赤い悪夢—

発　行　　2020年8月31日　初版第一刷発行
　　　　　2022年3月2日　　第三刷発行
著　者　　佐藤真登
発行人　　小川　淳

発行所　　SBクリエイティブ株式会社
　〒106−0032
　東京都港区六本木2−4−5
　電話　03−5549−1201
　　　　03−5549−1167（編集）

装　丁　　AFTERGLOW

印刷・製本　中央精版印刷株式会社

ISBN978-4-8156-0713-5
Printed in Japan　　GA文庫

試読版は

こちら!

ひきこまり吸血姫の悶々２

GA文庫

著：小林湖底　画：りいちゅ

「お前は誰だ？」

コマリが意図せず煽《あお》ってしまったのは七紅天《しちぐてん》大将軍の一人、フレーテ・マスカレール。これがきっかけで事態はどんどんエスカレートし、ついに将軍同士が覇《は》を競う「七紅天闘争」にまで大発展してしまう！　敵となる将軍どもは手ごわいヤツばかり……かと思いきや、コマリは新たに七紅天となった少女、サクナと打ち解ける。文学趣味で、コマリのことを「姉」と慕《した》うサクナは、コマリ以上に内気《うちき》で気弱な子だった。一方その頃、宮廷内では要人暗殺が横行。さらにはヴィルがサクナに微嫉妬《びしっと》したりと、コマリの周囲は大さわぎ。コマリの平穏な引きこもりライフは、はたしてどうなる!?

試読版は
こちら!